sieben Tage

Dauerregen

Über den Autor:

Timm Flemming wurde 1985 in der damaligen Deutschen Demokratischen Republik, nahe der polnischen Grenze geboren. Er machte eine Ausbildung zum Kinderpfleger und gründete eine Theatergruppe für sozial- und milieu-geschädigte Kinder und Jugendliche. Vor drei Jahren begann er, Lyrik und Prosa zu schreiben und veröffentlichte „voll verschoben".

Sein Buch „Ich – mein größter Feind" landete auf Anhieb in der Spiegel Sachbuch Bestsellerliste.

Heute lebt er im Norden von Hessen. Weitere Informationen zu Timm Flemming finden Sie auf der Internetseite des Autors: www.timm-flemming.de.

Timm Flemming

sieben Tage
Dauerregen

Roman

Bibliografische Information der Deutschen Nationalbibliothek
Die Deutsche Nationalbibliothek verzeichnet diese Publikation in der Deutschen Nationalbibliografie; detaillierte bibliografische Daten sind im Internet über http://dnb.d-nb.de abrufbar.

Deutsche Erstausgabe Juni 2007

Umschlaggestaltung: Timm Flemming
Umschlagabbildung: scx.hu/Thomas Welzel/Timm Flemming
Satz: Timm Flemming
Bilder im Buchblock: scx.hu

Lektorat: Literaturagentur + Textredaktion Swantje Steinbrink, M. A.

Herstellung und Verlag: Books on Demand GmbH, Norderstedt

ISBN: 978-3-8370-0023-8

Der Selbstmord ist ein Ereignis der menschlichen Natur,
welches einen jeden Menschen zur Teilnahme fordert und
in jeder Zeitepoche wieder einmal verhandelt werden muß.
Goethe, Dichtung und Wahrheit

Es war einmal für Amelie…

Prolog

Über die Wahrheit

Sandy

Ein lauer Herbstregen prasselte auf den Asphalt. Seit Stunden suchte Sandy nach Chris, sie war durchnässt und fror. Nicht weil ihr kalt war, sondern aus Angst und Trauer und diesen ganzen Gefühlen, die einen Menschen so manchmal überkommen. Sie wusste nicht, was sie tun würde, sollte sie Chris finden. Ihr war unklar, ob sie ihm in die Augen schauen können wird, sie wusste ja noch nicht einmal, warum sie nach ihm suchte. Warum auch sollte sie es sich antun, auf ihn zu treffen und sich dem auszusetzen, was sie angerichtet hatte?

Sie lief immer weiter, ohne darauf zu achten, wo sie hinging, aber mit dem Ziel, Chris finden zu müssen. Es dämmerte schon, als sie ihr Vorhaben aufgab und sich auf den Heimweg machte. Nur noch an einer Stelle wollte sie nachschauen, die sie bisher bewusst ausgelassen hatte, die aber nur einen kleinen Umweg bedeuten würde. Als sie in die Straße einbog, wo sie hoffte, ihn zu finden, verlangsamte sie ihre Schritte. Sie hatte Tränen in den Augen, fühlte sich schlecht und schuldig, und als sie Chris dann von weitem tatsächlich dort sah, verstärkte sich dieses Gefühl. Nun weinte sie, und die Tränen verschwammen mit den Regentropfen auf ihrem Gesicht. Sie näherte sich Chris, der apathisch schaukelnd auf der Straße saß und auf eine Stelle starrte, an der man die verwischten Kreideumrisse eines Menschen sah. Sandy setzte sich neben ihn. Sie wünschte, sie könnte hören, was er gerade dachte. Sie gab ihm eine Zigarette und zündete sich selbst auch eine an. Chris Blick war leer, er schluchzte und wippte mit seinem Oberkörper immer vor und zurück, vor und zurück …

„Lass uns gehen, Chris. Es wird dunkel“, sagte Sandy leise. Chris antwortete nicht.

„Es tut mir alles so wahnsinnig Leid“, versuchte sie sich zu erklären. Wieder reagierte er nicht.

„Sprich doch mit mir“, flehte sie. „Ich wollte nicht, dass es soweit kommt“, und sie legte ihren Arm auf seine Schulter.

„Was wolltest du nicht?“, fragte Chris. „Du hast doch damit gar nichts zu tun. Es ist meine Schuld. Ich konnte ihm nicht verzeihen.“

„Das ist doch verständlich. Du hast ihm vertraut, und er hat dich betrogen.“ Sie wollte ihn trösten, kam sich dabei aber so verlogen vor. Alles, was sie jetzt sagte, machte es nur noch schlimmer.

„Ich hab ihm nicht verziehen, und jetzt ist er tot. Weg, einfach nicht mehr da. Ich hätte ihm bestimmt irgendwann verziehen, ganz bestimmt. Aber er wollte einfach nicht sagen, mit wem er im Bett war.“ Jedes Wort, das aus ihm heraus kam, klang gequält und voller Verzweiflung. „Ich liebe ihn doch.“

„Er hat es dir nicht erzählt?“, fragte Sandy. „Und ich dachte, du wüsstest es.“

„Was soll ich gewusst haben?“

„Mit wem er dich betrogen hat.“

„Nein, ich weiß es nicht“, fragend schaute er auf Sandy, „weißt du es denn?“

Sandy schwieg und richtete ihren Blick auf den Boden.

„Nein“, flüsterte Chris und schüttelte mit dem Kopf, „nein, nicht du!“

1. Tag

Über den Regen

Chris

Chris stand früh auf, früher als sonst, die Sonne begann gerade hinter den Wolken aufzugehen und den Sonntag einzuläuten. Draußen regnete es.

Er zog sich an, nahm seinen Schlüssel und verließ die Wohnung. Leise ging er die fünf Treppen des Mehrfamilienhauses hinunter, als wäre er auf der Flucht und müsste darauf achten, nicht gehört zu werden. Die Haustür war noch verschlossen. Natürlich. Denn es gab Nachbarn, die meinten, dies tun zu müssen, damit ja keine Obdachlosen den Keller oder Dachboden als trockene Schlafstelle missbrauchen. Chris war das egal, er glaubte nicht, dass sich irgendwer in dieses Haus schleichen würde, um hier zu schlafen, und selbst wenn, ihn würde das nicht stören. Außerdem vermutete er sowieso eher die Boshaftigkeit der Nachbarn hinter der verschlossenen Tür. Es kam öfter vor, dass er noch spät in der Nacht Besuch bekam, und so musste er sich dann jedes Mal nach unten begeben, um diesen hereinzulassen. Die Nachbarn wollen nicht, dass ich Besuch bekomme, schoss es ihm durch den Kopf.

Er schloss die Tür auf und ging nach draußen. Tief atmete er die frische Luft ein, die so typisch nach Herbstmorgen roch. Es war dieser unverwechselbare Geruch nasser Straßen, auf denen das Laub der Bäume lag, von feuchten Wiesen und das leichte Stechen in der Nase durch die Abfälle in den Biotonnen.

Der Himmel war mit grauen Wolken verhangen, die den Wald am Horizont schier auffressen wollten.

Der Regen fühlt sich gut an, dachte er.

Seine Schritte, schnell und groß, hallten durch den werdenden Tag und verloren sich wieder irgendwo in ihm.

Chris' Ziel war eine stillgelegte Eisenbahnbrücke, dort ging er immer hin, wenn er sich einen klaren Kopf verschaffen wollte. Der Weg war nicht weit, Chris lief über die toten Schienen.

Als er am alten Rangierbahnhof ankam, hielt er inne und zündete sich eine Zigarette an. Die erste an diesem Tag, was ungewöhnlich für ihn war. Denn das Erste, was er morgens tat, war, sich einen Kaffee aufzubrühen, dann ging er wieder ins Bett, stand nicht eher auf, bevor er die Tasse geleert und drei Zigaretten geraucht hatte.

Kurz vor der Brücke sah er, dass da schon jemand war, und Chris überlegte kurz, wieder zurück zum alten Bahnhof zu gehen und zu warten, bis diese Person verschwunden war. Dann aber dachte er, dass es sein Platz sei und niemand und schon gar nicht zu dieser Zeit das Recht habe, ihm diesen Platz in seinem Leben streitig zu machen. Er gab oft und viel nach, um Auseinandersetzungen zu vermeiden. Aber hier war das etwas anderes, hier handelte es sich sozusagen um ein ungeschriebenes Gesetz, das ihm einräumte, immer und immer allein dort zu sein … Sonst interessiert sich doch auch keiner für diesen Ort, der im Höchstfall als Schrottplatz diente und um den er sich kümmerte, ihn sauber hielt und so zu seinem Reich machte, das Reich, in dem er privilegiert ist zu bestimmen.

Festen Schrittes näherte er sich der Brücke, und die Konturen der Person, die da auf der Brüstung saß, zeichneten sich immer klarer ab. Etwa zwanzig Meter war er jetzt noch entfernt, und er atmete auf, als er sah, wer dort saß. Es war Sandy. Einst seine beste Freundin. Was machte sie hier?

„Hallo!", sagte er und bewegte sich weiter auf sie zu, was sie allerdings nicht zu bemerken schien. Er klopfte ihr auf die Schulter, und erschrocken drehte sie sich um, dann lächelte sie und nahm die Kopfhörer von den Ohren.

„Ich habe es geahnt, dass du herkommst", war ihre Begrüßung.

„Woher?" Chris wunderte sich, dass Sandy ihn treffen wollte.

„Ich hab vorhin versucht, dich anzurufen, aber es ging keiner dran, und du hattest mir doch gestern gesagt, dass du heute eher aufstehen wolltest, weil du vor unserem Frühstück noch etwas zu erledigen hättest. Naja, und ich war auch schon so zeitig wach, und da wollte ich dich fragen, ob du nicht Lust hast, mit mir zur Brücke zu kommen."

„Aha", bemerkte Chris flach und setzte sich neben sie, „und weil eins und eins gleich zwei ist, wusstest du, dass ich auf dem Weg hierher bin?"

„Du warst gestern so eigenartig still, wolltest aber nicht drüber reden, und immer wenn du was hast, was du mit dir allein ausmachen willst, gehst du zur Brücke", sagte sie.

Das Frühstück mit Sandy hätte er beinahe vergessen.

„Sehr einfühlsam", sagte Chris gereizt, „dass du dann trotz dieses Wissens hier aufgetaucht bist."

„Mensch, wir machen uns Sorgen um dich", konterte Sandy.

„Habt ihr gar keinen Grund zu, mir geht es blendend. Und wer ist überhaupt ‚wir'?"

„Das weißt du ganz genau."

Chris überlegte. In ihm schwirrte die Frage, ob er tatsächlich wusste, wer sich um ihn sorgte, aber außer Sandy fiel ihm niemand ein, und so schwieg er lieber. Er wollte sich nicht von ihr bemuttern lassen.

Sein Blick fiel in die Tiefe, die ihm heute noch tiefer als sonst erschien, die er jedoch nie als bedrohlich empfand. Chris gehörte nicht zu den Menschen, die Angst vor Höhe haben, für ihn war Höhe so etwas wie der Ruf nach Selbstbestimmung: Nur er konnte entscheiden, ob er sich ihr ausliefert und springt oder ob er sie genießt und über den sich ihm bietenden Ausblick staunt. Wie klein die Häuser von hier oben aussahen. Und er fragte sich, was gerade in diesen Häusern und Wohnungen passiert? Wie viele Leute wohl noch schlafen? In welchem gerade ein Kind schreit? Wo in diesem Moment der Wecker klingelt und der Geweckte sich noch einmal umdreht und verschläft?

Chris zündete eine Zigarette an und gab sie Sandy, nahm sich dann selbst eine.

„Danke“, sagte sie.

Chris nickte, Worte waren ihm gerade zu anstrengend. Er beobachtete Sandy, denn er fand es schön anzusehen, wie sie rauchte. Die Art, wie sie ihre Zigarette hielt, weit unten, zwischen Zeige- und Mittelfinger, als ob sie vermeiden wollte, gelbe Fingerkuppen zu bekommen. Wie sie an der Zigarette zog … Fast der gesamte Filter steckte in ihrem Mund. Dann nahm sie einen Zug, atmete ihn ein, streckte ihren Kopf in die Höhe und atmete, die Augen geschlossen, langsam und genüsslich wieder aus.

„Was ist los mit dir?“, fragte sie völlig unangekündigt, und Chris schrak vor der Wucht dieser Frage zurück.

„Was soll los sein?“, erwiderte er mürrisch, „ist alles in Ordnung.“

„Ist es nicht, keine drei Wochen ist es her, dass Raik gestorben ist, und seitdem redest du kaum noch ein Wort, zumindest nicht über …“

„Ach, sei doch still!“

„Nein, bin ich nicht, solange du nicht endlich mal anfängst, deinen Arsch hochzukriegen, und mit irgendjemandem sprichst.“

„Was willst du denn besprechen? Man kann 'nen Toten nicht wieder lebendig labern, und jetzt hör endlich auf“, Chris wischte sich mit dem Jackenärmel den Regen aus dem Gesicht und wendete sich wieder Sandy zu, „am besten du gehst jetzt!“

Sandy setzte an, etwas zu sagen, was, das hörte Chris schon nicht mehr, denn er hielt sich die Ohren zu und sang. Eine nützliche Geste, fand er, denn sie erschlägt mehrere Fliegen auf einmal: Man muss nicht zuhören, wenn man nicht will, man gibt dem Anderen zu verstehen, dass jedes Wort unangebracht ist, bis der dann meistens beleidigt von dannen zieht. Und man muss nicht nachdenken, denn es denkt sich nicht so gut, wenn man singt.

Ihm fehlte sein Freund. Vor zwei Wochen und fünf Tagen war Raik gestorben - völlig unerwartet. Chris' heile Welt, die eigentlich niemals wirklich heil gewesen war, war in sich zusammengestürzt und hatte ihn unter ihren Trümmern begraben. Geblieben waren ihm nur der Hund Kasper und die Erinnerungen an eine Zeit, die plötzlich schon so lange her zu sein schien.

Er musste feststellen, dass das Singen ihm zwar dabei half, das nicht hören zu müssen, was er nicht hören wollte, die Gedanken aber, die unangekündigt in seinem Kopf auftauchten, konnte er so nicht fern halten.

Der Todestag seines Freundes war der Beginn der Regen-
periode gewesen - man könnte viel da hinein interpretie-
ren. Es war zumindest ein kleiner Trost, sich einzureden,
dass es regnete, weil er jetzt vom Himmel aus zusehen
muss, wie traurig sein geliebter Chris war. Deswegen
weint er, unaufhörlich; es waren seine Tränen, die auf die
Erde fielen.

Chris streckte die Zunge aus; schmeckte der Regen nicht
irgendwie salzig? Jetzt erst fiel ihm auf, dass er längst
völlig durchnässt war.

Er lehnte seinen Kopf auf Sandys Schulter. Schön, dass sie
noch da war. Sie fing sofort an, ihn zu streicheln. Erschrocken richtete er sich auf. Er wollte doch keinerlei Schwäche zeigen.

„Was ist?“, fragte sie.

„Nichts, ich halt das gerade nur für unangebracht“, ein
Auto fuhr unter der Brücke hindurch, „wollen wir Kasper
holen?“

„Ja“, antwortete Sandy, „gern!“

Als Chris den Schlüssel in die Wohnungstür steckte, fragte
er Sandy zögernd:

„Kannst du etwas für dich behalten?“

Verwundert antwortete sie: „Was denn?“

„Du musst es erst versprechen!“

„Klar!“

„Dann versprich es!“

„Ich verspreche hoch und heilig, dass ich das, was du mir
sagst, für mich behalten werde. Gut so?“, sie lächelte ihn
an. „Ich bin ja schon überglücklich, dass du überhaupt mal
anfängst zu reden.“

„Heute", seine Stimme klang fest, „... ist der erste Tag meiner letzten sieben."

Erstaunt schaute sie ihn an. „Was meinst du damit?"

Aber sie konnte sich schon denken, was er damit meinte, nur wollte sie es nicht wahrhaben, dass er darüber sprach, es ihr anvertraute. Es war ungeheuer still, nur Kaspers Schnarchen war aus dem Wohnzimmer zu hören. Wie er diese Ruhe hasste, die ihm immer wieder deutlich machte, dass er allein war.

„Ich werde mir am Ende des siebten Tages das Leben nehmen", und fast flüsternd fügte er hinzu, „und ich will, dass du das weißt."

Sandy

Sandy kam triefend vor Nässe in ihrer Wohnung an. Sie schaute sich im Flur um, hier war es ruhig und schummrig. Ihr Blick blieb auf Sir Huw Wheldon hängen, einem Portrait von Gordon Stuart. Sir Huw Wheldon war ein dicker Mann, der zurückgelehnt auf einem Stuhl saß, ein blaues Hemd trug und die Hände verschränkt auf seinem Bauch liegen hatte. Sandy hatte den Druck des Bildes, gerahmt in Gold, in ihrem Lieblingströdelladen gekauft.

Unter dem Bild stand das Piano ihrer Urgroßtante, einer in ihrer Familie ungeliebten Künstlerin. Die Klaviatur war aufgedeckt, am Notenbrett lehnte ein Notenheft, fast leer, abgesehen von ein paar Noten, die Sandy in einem Anflug von Kreativität für ihr großes Opus zusammengetragen hatte. An ihrem dritten Geburtstag hatte man sie erstmals auf den Klavierschemel gesetzt. Seitdem gehörte das Klavierspielen zu ihrem Leben. Und aus dem alltäglichen Zwang erwachte irgendwann der Traum, eine erfolgreiche

Komponistin zu werden. Doch schon der Glaube an sich selbst fehlte ihr dazu.

Fröstelnd ging sie ins Bad, ließ heißes Wasser in die Wanne und legte sich hinein. Mit ihren Klamotten. Das machte sie häufiger, denn sie wollte in dem kalten Bad nicht frieren, erst im Wasser zog sie sich dann langsam aus.

Ihre Gedanken kreisten um Chris. Sie war verzweifelt, zum Schweigen genötigt, am liebsten würde sie schreien. Sie wünschte, sie wäre heute Morgen nicht zur Brücke gegangen, hätte nicht versucht, mit ihm zu reden. Klar, Raiks Tod macht ihm schwer zu schaffen, aber das gibt ihm noch lange nicht das Recht, sich so einfach davonzustehlen. Wenn man überhaupt noch von „davonstehlen" reden konnte, schließlich hatte er es ja angekündigt.

Sandy füllte ihre Hände mit Wasser und goss es über ihren Kopf, sie holte tief Luft, tauchte unter, dachte an ein Lied von Placebo, zählte bis zehn und tauchte wieder auf. Dann sang sie leise vor sich hin: „Hold your breath and count to ten, and fall apart and start again ..."

Erinnerungen kamen in ihr auf. Erinnerungen an Zeiten, in denen die Freundschaft zwischen Chris und ihr noch wirklich war und es nicht nur darum ging, den Schein zu wahren. Warum machten sie sich jetzt gegenseitig nur Vorwürfe, und warum bürdete er ihr eine solche Last auf.

Sie wusste, dass sie vieles falsch gemacht hatte, und wenn sie könnte, würde sie es natürlich sofort ändern. Chris reichte das nicht. Für ihn waren das alles leere Worte.

Die Stille wurde durchbrochen von einem aufheulenden Motor, der sie aus ihren Gedanken riss.

„Hold your breath and count to ten, and fall apart and start again", murmelte sie.

Wie oft hatte sie Chris in der letzten Zeit verzweifelt auf dem Fensterbrett sitzen und gen Himmel starren sehen. Dabei hört er ständig diesen Song, der selbst vom dritten Stock aus noch laut und deutlich auf der Straße zu vernehmen war. Seine Nachbarn mögen ihn nicht – auch wegen seiner Vorliebe für laute Musik. Dachte sie, griff nach einem Handtuch, trocknete sich die kleinen Hände ab und zündete sich eine Zigarette an. Tief inhalierte sie den Rauch und blies ihn wieder aus, dabei hielt sie die Zigarette weit unten zwischen Zeige- und Mittelfinger, weil sie keine Lust hatte gelbe Fingerkuppen zu bekommen. Früher, als sie gerade Chris und seinen Freund kennengelernt hatte, hatten sich die beiden über ihre Art zu rauchen lustig gemacht. Früher war alles noch gut. Ewigkeiten schien das jetzt her zu sein, dass sie zu dritt versucht hatten, die Welt zu erobern. Sie nannte das tiefgründige Gespräche führen, und Chris und Raik bekamen sich nicht mehr ein vor Lachen, wenn sie das sagte.

Chris

Es klingelte, aber als Chris die Tür öffnete, stand niemand davor. Er schaute sich um und entdeckte einen Brief auf der Türschwelle. „An Chris". An der Schrift konnte er sofort erkennen, dass der Brief von Sandy stammen musste. Chris hob ihn auf und ging wieder zurück ins Wohnzimmer.

Er öffnete den Brief, faltete ihn auseinander und begann zu lesen.

Lieber Chris,

wenn ich nur wüsste, wie ich dir helfen kann. Glaub mir, ich würde es sofort tun. Aber du sprichst nicht mit mir, erzählst mir nur von deinem Vorhaben, als wolltest du mich strafen. Ich kann es sogar verstehen, aber ich will es nicht hinnehmen. Ich möchte nicht stillschweigend zusehen, wie du dein Leben hinwirfst. Ich habe dir versprochen, mit niemandem darüber zu reden – und das werde ich auch halten, aber ich habe nicht gesagt, dass ich dich nicht davon abzubringen versuche. Sollten diese sieben Tage tatsächlich die letzten deines Lebens sein, dann möchte ich mir danach nicht vorwerfen müssen, dich einfach gehen und auch nur die kleinste Chance, dich doch zurück ins Leben zu holen, ausgelassen zu haben. Sei dir dessen bitte bewusst. Sandy.

Sandy

Gelangweilt lag Sandy auf ihren Bett und blätterte durch eine Illustrierte. Manchmal sah sie kurz auf, um nach ihrem Kater zu schauen und den Blick anschließend fast beiläufig, auf die Uhr wandern zu lassen. Die Zeit schlich nur so vor sich hin. Sie blätterte eine Seite weiter und las einen Artikel über die aktuelle Winterschuhmode. Sandy liebte Schuhe und hatte von eben diesen mindestens 48 Stück unter und neben dem Bett stehen. Es war makaber, in dieser Situation über Schuhe nachzudenken, aber darin fand sie Ablenkung vom Warten auf eine Reaktion auf ihren Brief.

Sandy war kein geduldiger Mensch. Als sie noch zur Schule ging, wartete sie nur darauf, dass diese bald vorbei sein würde. Später dann, in der Ausbildung, hoffte sie mit jedem Tag, dass sie endlich arbeiten konnte. Nun war sie seit mittlerweile zwei Jahren in einer Werbeagentur angestellt und hatte schon wieder das Gefühl, dass diese Zeit lang genug sei, um nun mit etwas Neuem zu beginnen. Sie bewarb sich blind bei einem Dutzend Firmen als Layouterin und war schon nach drei Tagen so aufgeregt, weil bisher keine Antwort gekommen war, dass sie befürchtete, ihre Aktion sei umsonst gewesen.

Wenn sie als Kind Blumensamen ausgesät hatte, war sie jeden Tag in den Garten gegangen, um nachzusehen, ob diese schon gesprosst hatten. Dauerte es ihr zu lange, geriet sie schnell in Rage, und nicht selten hatte sie dann ihre Schaufel genommen und die Samen wieder ausgebuddelt, um sie weiter oben erneut einzupflanzen.

Nun war sie eine Frau, die aber noch immer mit derselben kindlichen Einstellung durchs Leben lief und tagtäglich hoffte, dass die Samen der Blumen – wenn sie möglichst nah unter der Erde lagen – auch schneller wachsen würden. Kam es anders, war sie enttäuscht und wütend auf sich. Sie wusste ja, dass ihre Erwartungen oft viel zu hoch gesteckt waren und sie zwangsläufig enttäuscht werden mussten.

Wenn Sandy und Chris sich stritten, dann kommentierte er immer mit Ihrer Ungeduld und damit, dass sie nicht erwarten könne, dass jeder ihren Erwartungen gerecht werden würde. Wenn ihr das dann einleuchtete, setzte sie den Blick des Kindes auf, das vor dem Beet kniet und auf die blühenden Blumen wartet. Meist war dann alles wieder gut.

Sandy warf die Zeitung in eine Ecke, stand auf und ging in die Küche, gefolgt von Mikusch. Auch so ein Überbleibsel aus der Freundschaft zu Chris. Sie hatten diese Katze, die damals noch winzig und zerbrechlich war, zusammen aus dem Tierheim geholt. Nun lief der Kater schwerfällig, mit einem Bauch, der fast auf dem Boden schleifte, hinter Sandy her und hoffte ständig, etwas zu fressen abstauben zu können. Sie aber füllte den Teekessel nur mit Wasser und dachte keinen Moment daran, dem sich um ihre Beine windenden Tier einen Happen zuzustecken.

Stattdessen verscheuchte sie Mikusch mit dem feuchten Waschlappen.

„Ich brauch jetzt meine Ruhe", sagte sie entschuldigend und setzte sich an den Küchentisch, kramte eine Zigarette aus ihrer Schachtel und gab sich spielerisch selbst Feuer, als säße ein Gentleman ihr gegenüber, der diese Aufgabe übernimmt. Sie hauchte sich ins Nichts lächelnd ein Danke entgegen und blies gleichzeitig eine sanfte Wolke Rauch aus ihrem Mund.

Das Telefon klingelte.

„Wägler", murrte sie in den Hörer ihres auf altmodisch gestylten Telefons.

„Hallo Sandy, ich brauch deine Hilfe."

Es war Chris, der mit erstaunt heiterer Stimme am anderen Ende sprach.

„Wobei denn?", fragte sie betont reserviert.

„Ich will am Dienstag ein paar unserer Leute einladen, so wie früher."

„So wie früher? Was meinst du damit?"

„Naja, mit Musik und Essen und so."

„Ohne Hintergedanken?" Sandy war skeptisch, seine plötzliche gute Laune irritierte sie.

„Ich möchte …" Chris hielt inne.

„Du möchtest?", hakte Sandy nach und schaute zu ihrem pfeifenden Teekessel.

„Ich möchte, dass eben alle noch mal da sind und wir über alte Zeiten sprechen."

„Lass uns morgen Nachmittag nach der Arbeit darüber reden", sie versuchte ihn abzuwimmeln, weil sie es nicht mochte, wenn er sich so profiliert, „mein Teewasser kocht."

„Okay, dann bis morgen.“

„Bis morgen.“

Resigniert legte Sandy den Hörer auf und eilte in die Küche, um den Teekessel vom Herd zu nehmen. Kein Wort
vom Brief, und bei diesem Gedanken, zog sich alles in ihr
zusammen. Wie wäre es, ohne Chris?

Chris

Schon wieder regnete es. Chris saß auf dem Fensterbrett und schaute in den morgendlichen Himmel. Eigentlich hätte er schon seit einer Stunde im Theater sein müssen, aber seit Raiks Tod ging er nicht hin. Er blieb jeden Morgen am Fenster sitzen und wartete darauf, dass etwas passierte. Sein Chef schien ihn nicht zu vermissen, abgesehen von einer Karte mit den üblichen Beileidsbekundungen und einem Postskriptum „Nehmen Sie sich die Zeit, die sie brauchen!", hatte Chris nichts mehr von ihm gehört. Vielleicht hatte er es aber auch nicht mitbekommen oder schon wieder vergessen. Alles war verschwommen. Er gab sich dem Sumpf hin, der sich vor ihm aufgetan hatte, und hoffte darauf, dass sich etwas änderte. Von ganz allein. Irgendetwas.

Chris arbeitete am Stadttheater und war zuständig für alles, was mit Musik zu tun hatte. Er bestimmte jeden Ton, der während einer Bühnenshow gespielt wurde. Er suchte die Musik aus, arrangierte sie, holte die Genehmigungen bei Musikverlagen ein und meldete die Aufführung bei der GEMA. Manchmal waren die Wünsche der Intendanten und Regisseure aber auch so speziell, dass er sich vor das Klavier setzte und komponierte. Hier lernte er vor fünf Jahren Raik kennen, der am Theater ein festes Engagement als Schauspieler hatte. Für beide war es die erste Spielzeit. Beide waren gerade mit der Ausbildung fertig. Das Theater wollte jünger und frischer werden. Während der Proben zu „Die Leiden des Herrn Biedermann" verliebten sie sich ineinander. In dem Stück versucht der vermeintliche Hausmeister des Theaters dem Publikum über anderthalb Stunden weiszumachen, dass die Vorstellung ausfällt und die Leute wieder nach Hause gehen können. Da aber keiner geht, erzählt er aus seinem Leben und dass er nie vorhatte, als Hausmeister zu arbeiten. Eigentlich habe er Balletttänzer werden wollen, aber die Zeiten und der Vater ließen es nicht zu. So sei er nun schon seit 25 Jahre Theaterhausmeister und habe sich daran gewöhnt. Aber seit kurzem sei da eine Praktikantin, und in die habe er sich verliebt. Raik spielte den Herrn Biedermann. Chris fand Raik von Anfang an faszinierend, deshalb hängte er sich besonders tief in dieses Projekt hinein und war bei jeder Probe anwesend. Irgendwann hatte Raik ihn zum Kaffee mit anderen Kollegen eingeladen, und fortan trafen sie sich jeden Tag – auch nach der Arbeit. Chris nannte Raik nur noch Herr Biedermann.

Es war nach der Premiere – das Publikum war begeistert von Herrn Biedermann und hatte minutenlang geklatscht –, als Chris zum ersten Mal von Raik geküsst wurde. Damit veränderte sich alles. Chris wusste nicht, ob er den Kuss aus Freude über den Erfolg bekommen hatte oder ob sich mehr dahinter verbarg. Verunsichert ging Chris ihm aus dem Weg. Und Herr Biedermann versuchte, Chris nicht zu begegnen, weil er dachte, dass Chris der Kuss unangenehm gewesen sei. Das gestand er Chris später, nach ihrer ersten gemeinsamen Nacht. Zwei Wochen nach der Premiere fand Chris einen Brief in seinem Spind vor. Und dann war alles klar. Für beide und für die ganze Welt.

Sandy

Sandy saß an ihrem Arbeitsplatz im Büro und schaute abwesend aus dem Fenster. Auf der alten Eiche, die direkt vor dem Bürogebäude stand, hockten hunderte von Krähen. Sandy arbeitete in einer Werbeagentur mit dem Namen Corvus Albus – weißer Rabe. Ein Name, der für das Außergewöhnliche unter dem Gewöhnlichen stand. Unter der Leitung von Ulrike Leopold, brachte es das Unternehmen binnen sechs Jahren dazu, eine der renommiertesten Werbeagentur in der Region zu werden. Nun rüstete man sich für den Angriff und wollte ganz Deutschland erobern. Sandy war für das Layout von bundesweiten Printanzeigen zuständig. Sie mochte ihre Arbeit, die sie oft gar nicht als solche empfand. Aber heute wollte ihr Kopf nicht frei werden.

Die ganze Nacht schon hatte sie nach einer Möglichkeit gesucht, um Chris davon zu überzeugen, dass das Leben lebenswert ist. Auch ohne Raik. Aber sie fand keine plausible Antwort auf ihre Fragen und schon gar keine Gleichung, die so simpel war, dass selbst Chris kein Argument mehr einfiele, das gegen das Leben spricht.

Die einzig belegbare These, die sie aufstellen konnte, war die, dass Chris' ganze Lebensfreude an Raik hing – und an der Sonne. Chris sagte immer wieder, die Sonne scheine nur, damit er glücklich war. Chris sagte aber auch, sollte es einen Gott geben, dann hatte es ihn nur einmal in seinem Leben gegeben und zwar zu Raiks Geburt. Ja, Gott muss gewollt haben, dachte Sandy, dass die beiden sich begegnen, sich kennen- und lieben lernen und so auseinandergehen.

Sandy war streng katholisch erzogen worden. Sie wusste nicht, ob sie an einen Gott glauben sollte, aber sie glaubte daran, dass es etwas gab, das so stark ist, bestimmen zu können, wie der Fluss der Welt läuft. Meist verband sie diese Macht mit negativen Assoziationen. Und diese Macht hatte offenbar nicht die Kraft, der es bedarf, um alle Menschen glücklich zu machen. Gott, oder wer auch immer, war nicht stark genug, um Kriege in seinem Namen zu verhindern. Er konnte nichts gegen Hunger tun und schon gar nicht Tränen trocknen. Wo war er denn gewesen, der Tröster, als ihr Vater vor zwei Jahren gestorben war. Sie fühlte sich von dem verlassen, dem sie all ihren Glauben geschenkt hatte, und sie konnte nicht verstehen, warum er das tat. „Gottes Wege sind unergründlich", hatte ihre Mutter damals gesagt, aber genau diese Unergründlichkeit war ihr unverständlich, die perfekte Ausrede für die Fehler des vermeintlich Allmächtigen. Sandy wusste, dass es immer wieder Menschen gab, die an ihrem Glauben und an der Existenz Gottes zweifelten, vor allem nach Schicksalsschlägen. Viele fanden aber angeblich wieder zurück. Sandy hatte nie mehr vollends zu ihrem Gott gefunden. Er hatte sie im Stich gelassen, und das konnte sie ihm nicht verzeihen, da kann Jesus noch so oft am Kreuze sterben, dachte sie.

Es war im Frühjahr vor drei Jahren gewesen, als Chris und Sandy sich kennengelernt hatten. Sie saß nichts ahnend an ihrem Platz im Büro, damals noch Auszubildende, als ein schlaksiger junger Mann die Räumlichkeiten betrat und sofort Hektik verbreitete. Er suche nach der Chefin, sagte er, und es sei unheimlich dringend. Nur wusste niemand, wo sie sich gerade aufhielt, da sie einen Auswärtstermin hatte. Er wollte warten. Sandy bot ihm einen Kaffee an, den er dankend annahm. Ihm fiel es sichtlich schwer, ruhig sitzen zu bleiben und so schaute er den Leuten beim Arbeiten über die Schulter, stellte Fragen und störte. Was man ihm auch deutlich zu verstehen gab. Von Schüchternheit keine Spur. Sandy bewunderte dieses Selbstbewusstsein und startete mehrere Anläufe, um mit ihm ins Gespräch zu kommen. Er war aber nicht nur selbstbewusst, sondern auch arrogant. Mit einer Azubine würde er nicht sprechen, meinte er grinsend. Erst als sie ihm eine Zigarette hinhielt, entwickelte sich ein Gespräch über „Hey Kleine, lass mich in Ruhe" hinaus. Sandy erfuhr, dass Chris am Theater arbeitete, der Lebensgefährte ihrer Chefin Ulrike sein Vorgesetzter war und er gebeten wurde, diese bei der Musikauswahl für einen Radiospott zu unterstützen.

Damals war er völlig anders gewesen als jetzt.

Es dauerte lange, bis Chris anfing, Sandy zu mögen, die sich alle Mühe gab, zu ihm gehören zu dürfen. Mehrere Male lief sie gegen eine verschlossene Tür. Sie wollte sein wie er, so lebensfroh, so verrückt, mutig und emotional. So extrovertiert.

Der Sommer verging, und schließlich hatte Chris keine Lust mehr auf das Spiel. „Wenn du willst", sagte er, „dass wir Freunde werden, dann sei Sandy und nicht Chris, denn den mag ich nicht sonderlich, und einer von diesem Kaliber reicht mir."

Später erzählte er ihr, dass er sie schon längere Zeit gemocht hatte. „Aber Menschen sind so unberechenbar, kleines Mädchen", hatte er ihr ins Ohr geflüstert, „die muss man erst austesten und auf Herz und Nieren prüfen."

Sandy lernte viel von ihm in den nächsten Jahren. Sie fühlte sich oft wie ein Kind, nicht erwachsen genug, um auf eigenen Beinen zu stehen, wohnte noch zu Hause. Das sollte sich schnell ändern, Chris und Raik nahmen sie an die Hand und suchten mit ihr zusammen eine Wohnung. Der Sprung ins kalte Wasser würde ihr gut tun. Und er tat ihr gut. Sie hatte das Gefühl, aufzublühen und sich in ihrer neu gewonnenen Freiheit beweisen zu können. Als dann ihr Vater gestorben war, tat Chris alles, damit sie wieder lachte und sich nicht aufgab. Warum war ihm das gelungen, während sie jetzt nicht von der Stelle kam? Sie hatte Angst zu versagen.

Chris

Chris erschrak, als er am Grab von Raik ankam. Die Grabplatte ist aufgestellt worden. Schlicht schwarz, mit weißen eingravierten Zeichen. Die Regentropfen liefen darüber und ließen den Stein so glänzen, dass man sich hätte fast darin spiegeln können. Chris überlegte kurz, aber er war sich ziemlich sicher, dass die Platte bei seinem gestrigen Besuch noch nicht stand. Der Stein hatte so etwas Endgültiges. Man kam nicht daran vorbei den Namen, Geburts- und Sterbedatum zu lesen.

„Mann! Der Stein ist schrecklich", sagte Chris.

Er hockte sich auf den nassen Boden und graulte das Ohr von Kasper, der neben ihm saß. Wie jeden Tag hatte Chris heute eine Rose mitgebracht, die er zu den anderen, auf die Erde legte. Es war ein tristes Beet, die Gestecke und Blumen von der Beerdigung waren lange schon weggebracht worden und seither hatte sich keiner große Gedanken über die Bepflanzung gemacht. Es schien aufgeschoben, bis nach dem Winter.

Chris kam jeden Tag hier her, er hoffte sich ihm an diesem Ort näher fühlen zu können. Aber das Gefühl kam nicht auf und so war es mittlerweile etwas anderes was ihn auf den Friedhof zog. Es war die Angst, dass er vergessen könnte, dass es Raik gab. Er wollte die Zeit nicht die Wunden heilen lass, das wäre wie Vergessen, wenn er wieder lachen würde. Schlimmer noch, wenn er daran denkt, dass jemand anderes kommen und Chris ihn lieben könnte. „Aber dazu kommt es ja nicht", flüsterte Chris und eine beruhigende Wärme machte sich in ihm breit, die ihm sagte, dass er Raik liebt, wo er auch ist und dass sich daran nie was ändern kann. An diesem Punkt, jeden Tag aufs Neue, musste er dann feststellen, dass nicht der Tod von Raik selbst es ist, was ihn traurig machte, sondern dass er nicht spürte, dass dieses Gefühl erwidert wird. Der Tod ist so ungreifbar, weil man letztlich noch nicht einmal weiß, was er denn überhaupt ist. Der Tod macht keine Gefühle. Wenn jemand stirbt mit dem man keine Erinnerungen teilt, für den man nichts fühlte, dann ist da nichts, keine Traurigkeit oder so. Das Erlebte und Gefühlte machte einen traurig, aus rein egoistischen Motiven, denn man kann nicht verstehen, dass die Gefühle und das Erleben damit so plötzlich aufhören sollen, man will es zurück haben – unbedingt. Und weil man es nicht haben kann ist man traurig, ungeachtet dessen, ob der Tod für den Toten nicht vielleicht sogar besser war.

Chris hatte keine Angst vor dem Tod. Er nahm nur zu gern dieses Wort in den Mund und er begegnete in seinem Leben oft Menschen, die deshalb erschraken, dennoch bemühte er sich nicht um das Thema herum zu reden. Für ihn war es völlig klar, dass der Tod eine rein rationale Sache ist, nur das Davor emotional belastet war und das Danach unklar ist. Deswegen fürchtete er sich vor dem Sterben, weil er sich vom Leben verabschieden muss und weil da Schmerzen sein könnten. Im schlimmsten Falle würde er wieder beim Zuvor beginnen. Aber was ihm der Tod verspricht, schien für ihn nie in Relation damit zu stehen und deswegen war die Frage völlig klar, dass er mit dem zweiten Tag seiner letzten sieben beginnt sich zu verabschieden und sich darauf vorzubereiten, die Furcht zu überwinden.

Sandy

„Sandy, Leitung zwei für dich.“

Abrupt wurde sie aus ihren Gedanken gerissen. Sie schaute sich suchend nach der Stimme um. „Leitung zwei!“, sagte eine Ihrer Kolleginnen lächelnd. Sie nahm den Hörer ab und drückte die zwei.

„Corvus Albus, außergewöhnliches Werben, hier ist Sandy Wägler, was kann ich für sie tun“, leiert sie wenig lustvoll ihren Spruch runter.

„Hallo.“

Es war Chris und sofort war sie besserer Laune.

„Was gibt's denn?", fragte sie.

„Wir wollten doch noch mal über die Party sprechen", sie erinnerte sich, aber hatte sie nicht gesagt, dass sie das nach der Arbeit machen wollten? „Ich hab mir das so gedacht: Wir gehen zusammen einkaufen, du fragst schon mal Ulrike, ob sie nicht Zeit hat und ich ruf die anderen an und morgen Nachmittag kochen…"

„Hey, mal ganz langsam", unterbrach sie ihn, „nur noch mal zum Verständnis: Du willst eine Party veranstalten, damit…", sie schaute sich um ob ihr jemand zuhörte, „Du willst also deinen Abschied zelebrieren und meinst, dass ich dich dabei unterstütze?"

„Hm", er machte eine kurze Pause, „sieh es wie du willst, ich würde es zwar anders bezeichnen, aber so in etwa trifft es das schon. Und ja, ich meine, dass du mir dabei hilfst."

„Achso, und wieso meinst du, dass ich meine, dass ich dir dabei helfe?", sagte sie spöttisch.

„Weil ich dich darum bitte."

„Ahja, und damit denkst du, hast du schon deine Zusage in der Tasche. Weißt du, ich bin doch nicht bescheuert und kaufe mit dir ein, koche das Essen, für ne Party, die für mich nicht mehr wird als ein Spießrutenlauf und die genau das unterstütz, von dem ich dich…"

„Also", fiel er ihr ins Wort, „jetzt mach mal 'nen Punkt Lady."

Sandys Züge lockerten sich und es deutete sich ein kleines Lachen um ihren Mund herum an. Dieser Idiot, dachte sie, der weiß schon wie er es anstellen muss.

„Wieso Spießrutenlauf?", fragte Chris.

„Weil keiner von denen gut auf mich zu sprechen ist, seit…", jetzt war ihr klar, sie musste ihm helfen, „ach, was soll's, dann helfe ich dir eben, aber denk ja nicht, dass ich gut heiße, was du hier abziehst."

„Was ziehe ich denn ab?" fragte Chris scheinheilig.

„Schon gut, ich muss jetzt weiter arbeiten. Wann wollen wir uns treffen?"

„Ich hol dich von der Arbeit ab, ist das okay?"

„Mach das, also bis später."

Im selben Moment als sie den Hörer auflegte, ärgerte sie sich schon wieder, dass sie sich ihrem schlechten Gewissen hingeben hatte. Aber um sich zu beruhigen, redete sie sich ein, dass es auch den Vorteil hatte, dass sie so Chris im Augen behalten könne und je mehr Zeit sie mit ihm verbringt, um so höher sind ihre Chancen ihn davon abzuhalten.

Chris

„Kasper, komm her" rief er seinen Hund und klapperte mit der Leine. Kasper kam freudig angelaufen. Ihm war dieses Geräusch wohl vertraut und er wusste, dass es nun raus ging. Chris leinte ihn an, zog sich eine Jacke über und ging raus. Er wollte Sandy von der Arbeit abholen und um dabei möglichst wenigen Menschen zu begegnen, beschloss er einen Umweg zu laufen. Vor sich selbst rechtfertigte er das damit, dass die frische Luft ihm gut tun würde. Dabei war ihm das völlig egal. Seine Gedanken kreisten um die nächsten Tage und um sein Vorhaben. Er wusste nicht, ob er tatsächlich den Mut haben würde, aber er würde sich damit auseinandersetzen müssen. Er hatte keine andere

Wahl. Ein Leben ohne Raik, hat für ihn keinen Sinn. Da könnte man noch so viel auf ihn einreden.

Er sah Raik noch vor sich, er hörte seine Stimme und sein Geruch lag ihm noch in der Nase. Er träumte von ihm und er dachte an die gemeinsame Zeit. Chris versuchte sogar die Berührungen von ihm zu spüren, die schon so lang her zu sein schien.

Er hob einen Stock auf und warf ihn sogleich wieder weg. Kasper rannte dem Stück Holz, mit dem Schwanz wedelnd, hinter her.

Chris erfuhr von Raiks Mutter, dass sein Freund tot war. Er saß zu Hause und blätterte in einer Zeitung, als plötzlich das Telefon klingelte. Er sah die Nummer von Sabine und dachte, dass es Raik sein müsse, der vorübergehend, zu ihr gezogen war. Chris überlegte, ob er ran gehen sollte und war erstaunt, dass es nicht Raik war, der am anderen Ende sprach. Es war Sabine, die völlig aufgelöst wirkte.

„Christian, du musst sofort vorbei kommen", sagte sie und es klang so, als würde sie weinen.

„Wieso?", wollte Chris wissen, „Was ist los?"

„Die Polizei war gerade hier und die haben behauptet, dass Raik tot sei."

„Wie, die haben behauptet?", fragte er ungläubig.

„Na, das kann doch nicht sein, ich hab ihn heute morgen noch gesehen", sie stotterte, „er ist bei dir Chris, stimmt 's? Er ist bei dir." Sie bettelte regelrecht darum, dass er ihr mit einem Ja antwortete, aber er schwieg und legte den Hörer auf.

Seit her, war alles leer und anders, dachte Chris.

Sabine kam einen halbe Stunde nach dem Telefonat und klingelte Sturm. Und nach dem Chris sie rein gelassen hatte, lief sie verwirrt durch die Wohnung und schrie nach Raik, der sich doch irgendwo versteckt haben muss. Chris sah diesem Treiben schweigend zu.

„Er ist nicht hier", sagte sie dann und immer noch schwirrte Hoffnung in der Stimme.

„Nein", antwortete Chris. Sabine sackte in sich zusammen und Chris fühlte nichts. Er konnte nicht begreifen was dieses Szenario zu bedeuten hatte, geschweige denn, dass ihm klar war, wie sein Leben nun plötzlich ohne Raik funktionieren sollte. Auch er hoffte. Es war alles nur ein Traum und er musste jeden Moment aufwachen …

Danach sah er Raiks Mutter nur noch einmal auf der Beerdigung. Es schien so, als hätten sie sich nichts zu sagen. Sie kamen immer gut miteinander aus und eigentlich war sie so was wie eine Freundin für ihn. Aber er hatte Angst auf sie zu treffen, sich mit ihr über Raik und seinen Tod zu unterhalten und ihre Trauer zu sehen. Chris wusste, durch eine gemeinsame Bekannte, dass sie sich regelmäßig nach ihm erkundigte. Aber auch sie musste Angst haben davor, dass sie sich begegnen, denn sonst hätte sie ja anrufen und fragen können, wie es ihm ginge.

Kasper brachte ihm den Stock zurück, Chris nahm ihn ihm aus dem Maul und warf erneut.

Sandy

Sie war angeheitert, als sie nach Hause kam und so guter Laune, wie sie es schon lange nicht mehr gewesen war. Sandy legte eine CD in den Player, fummelte nervös eine Zigarette aus der Schachtel und zündet sie sich an.

„When the night", sang sie, „has come, and the land is dark", und tanzte fröhlich zu dem Song „Stand by me" von Ben E. King. Sie strahlte über das ganze Gesicht und war sich sicher, dass jetzt alles gut werden würde. Sandy verbrachte einen, ihrer Meinung nach, schönen Nachmittag und Abend mit Chris. Zuerst waren sie zusammen einkaufen, für Chris' Party, und machten sich dabei über das Klientel von Aldi-Märkten lustig. Sie kamen zu dem Schluss, dass der Großteil der Menschen, auf die sie dort trafen, recht eigenartige Gewohnheiten pflegen mussten. So kaufte ein Mann der vor ihnen an der Kasse stand, eine Flasche Korn, ein Toastbrot und eine Packung Celevat- wurst und eine Frau, an der Kasse gegenüber, hatte ihren Wagen mit vier mal zwanzig Rollen Klopapier beladen, was den beiden sehr zu denken gab. Den Schluss den sie für den vollbärtigen Mann vor ihnen zogen war da einfa- cher. Die Flasche Korn musste sein, von irgendwas muss man ja satt werden und der traurige Rest, waren für den Snack zwischen durch gedacht. Mehr ging da nicht, weil der Korn zu teuer war.

Die Frage hingegen, was man mit achtzig Rollen Klopa- pier wolle, beschäftigte sie den restlichen Tag und führte zu mehr oder weniger harmlosen, aber wilden Spekulatio- nen. Die Frau war bestimmt Kindergärtnerin, war Chris' erste Idee, und sie plant mit den Kindern Pappmasche- Monster zu basteln. Sandy war der festen Überzeugung, dass es eine der Art Frauen war, die es toll fanden, zu Ge- burtstagen oder Hochzeiten, Klopapiertorten zu verschen- ken. „Die sah so langweilig aus, dass sie diese Idee be- stimmt ganz toll fand, als sie davon in *Bild der Frau* gele- sen hat", beide mussten sie lachen.

„Vielleicht hat sie aber auch so schlimmen Durchfall", überlegte sich Chris, „dass sie zehn Rollen am Tag ver- braucht und das ist nur ihre Wochenration."

„Nein, nein. Jetzt hab ich's", verkündete Sandy und hörte plötzlich auf zu erzählen.

„Was hast du?", hakte Chris nach, der allerdings erst zu spät bemerkt, dass die Frau, über die sie gerade sprachen, neben ihnen am Abstellplatz für die Einkaufswagen stand. Sie schaute kurz unnahbar und ging. Sandy und Chris blickten sich an und mitgespielt ernstem Ton beendete sie ihren Satz: „Sie will tapezieren", und aus ihrem Lachen wurde ein Kreischen, das die anderen Leuten dazu anregte, die Beiden skeptisch zu mustern.

„Ach", sagte Sandy zu Mikusch, „das war ein richtig toller Tag."

Sie streichelte ihrem Kater kurz über den Kopf, dann begann sie sich zur Musik auszuziehen. Sie war müde und es ist spät geworden, aber für diesen Abend, würde sie auch Kopfschmerzen in Kauf nehmen und unausgeschlafen zur Arbeit gehen.

„So, darling darling, stand by me", trällerte sie den Refrain laut mit und tanzte aus dem Wohnzimmer ins Bad. Sie schminkte sich ab, putzte sich die Zähne, stellte die Musik aus, löschte das Licht und legte sich ins Bett. Die Bilder des Tages schwirrten in ihrem Kopf herum. Nach dem Einkaufen beschlossen beide, etwas essen zu gehen und anschließend noch einen Absacker in einen nahe gelegenen Club zu unternehmen. Wie früher, dachte sie, aber ihr fiel auch auf, dass das so nicht stimmte. Damals waren sie immer zu dritt unterwegs und Chris schmiegte sich, egal wo sie waren, an Raik. Das Bild heute Abend passte da nicht und manchmal hatte sie das Gefühl, dass er sich verloren vorkommen musste. Chris war gut drauf gewesen an diesem Abend, aber ihr fiel auf, dass sein Blick immer wieder erstarrte und einen Punkt fixierte, der ins Leere führte. Sie sollte nicht daran denken, sagte sie in sich. Was zählt war, dass dieser Abend vielleicht der Anstoß dafür war, dass er wieder ins Leben zurück findet und merkt, dass es schön ist da zu sein.

„Mit allem anderem, wird er lernen umzugehen", flüsterte sie und machte die Augen zu.

Tag 3
Über den Sex

Chris

Chris fühlte sich schlecht an diesem Morgen. In ihm hockte das ungute Gefühl, Raik betrogen zu haben. Er hatte den letzten Abend genossen, Spaß gehabt und mit Sandy gelacht. Und genau das war sein Problem. Er kam sich schäbig vor, nach so kurzer Zeit wieder so zu tun, als wäre nichts gewesen, als hätte es Raik nie gegeben. Er dachte an diesem Abend zwar viel an Raik, aber das reichte ihm nicht. Und Lachen war der Situation ganz bestimmt nicht angemessen. Chris erwartete von sich, dass er traurig war. Nur so konnte er Raik Respekt zollen. Raik hatte ihn schließlich auch immer respektiert, mit all seinen Fehlern.

Andererseits tat es ihm gut zu lachen, und er hatte das Gefühl, Luft zu holen, damit er die nächsten Tage überstand. Dieser Zwiespalt ließ ihn nicht los. Chris drehte sich im Kreis. Er nahm Raiks Foto in die Hand und entschuldigte sich. Aber schon im nächsten Moment dachte er an den bevorstehenden Abend, überlegte, womit er zuerst beginnen sollte. Er musste die Wohnung aufräumen, zumindest oberflächlich, mal wieder duschen, das Essen musste vorbereitet werden und die Getränke aus dem Keller ... Nein, das war ihm alles zu viel. Er war Bewegung in seinem Leben nicht mehr gewöhnt. Wie schnell das ging, dachte er. Früher brauchte er die Hektik, um sich lebendig zu fühlen, und nun stagnierte er einfach. Alles war ihm egal, weil er keinen Sinn mehr in seinem Alltag sah. Und alles war ihm zu anstrengend, weil da niemand mehr war, der den Alltag mit ihm teilte. Nur er und seine Gedanken.

Er schaute wieder auf das Foto in seiner Hand. Raik vor einem Jahr, zusammen mit Chris und Oliver, Raiks Neffen.

Das Bild hatte Sandy gemacht, als sie alle zusammen mit dem damals Sechsjährigen den Drachen hatten steigen lassen. Raik lachte und hatte dabei diese kleinen Grübchen, die Chris so an ihm liebte. Sanft strich er mit seinem kleinen Finger über Raiks Gesicht.

„Du fehlst mir so, Herr Biedermann", flüsterte er.

Raik war ein Stück größer als Chris. Er war weit davon entfernt, perfekt zu sein. Mit seinen widerspenstigen schwarzen Haaren und der hellen, fleckigen Gesichtshaut. Aber für Chris war er genau richtig, er liebte die Details an Raik, wie die kleine Lücke zwischen den Schneidezähnen, die leicht abstehenden Ohren, die Grübchen, die immer dann zum Vorschein kamen, wenn er lachte – und Raik lachte viel. Chris mochte das münzgroße Muttermal auf seinem rechten Schulterblatt und die dreizehn Leberflecken, die sich über seinen Brustkorb verteilten. Ihm war alles noch so deutlich, die knochigen Finger, die Wunder vollbrachten, wenn sie ihn berührten. Die buschigen Augenbrauen, die Chris so gerne durchstreifte. Seine Nase, die das genaue Gegenstück zu seiner eigenen war, weil sie nicht störte, wenn sie sich küssten. Nirgendwo auf der Welt gibt es einen Menschen, der besser küssen kann. Chris schloss die Augen … Ihm fehlte das alles. Ihm fehlte der warme Atem von Raik, er vermisste seine Stimme, die so markant und männlich war und die so gut zu seiner überlegten Aussprache passte.

„Wenn du nur hier wärst", flüsterte er. Eine Träne tropfte auf Raiks Gesicht, Chris wischte sie mit seinem Ärmel weg, ohne dabei auf das Bild zu blicken und stellte es wieder an seinen Platz. Nein, er würde jetzt nichts tun, beschloss er, nicht, bevor er auf dem Friedhof gewesen war.

Sandy

Sie fühlte sich immer noch berauscht vom gestrigen Abend, war glücklich und guter Dinge. Ihre Kolleginnen bemerkten das sofort und freuten sich, ihre alte Sandy wieder zu haben. Erstaunlich, wie viel Energie sie gestern tanken konnte. Die Arbeit machte wieder Spaß, und sie hatte den nötigen Elan. In einer ruhigen Minute nahm sie Ulrike zur Seite. Ulrike war nicht nur ihre Chefin, sondern auch eine Freundin von Chris.

„Ich glaube, Chris geht es wieder besser", sagte Sandy euphorisch.

„Das freut mich, aber wie kommst du da drauf?"

Sandy erzählte ihr vom gemeinsamen Einkauf, vom Essen und dem Club. Sie war überdreht und redete ohne Punkt und Komma. Ulrike hörte ihr aufmerksam zu.

„Ach so, und dann soll ich dich von Chris fragen, ob du heute Abend zu seiner Party kommst", schloss sie ihre Ausführungen ab.

„Klar, gern", antwortete Ulrike und schaute Sandy nachdenklich an.

„Ist was?"

„Ich würde mich wirklich freuen, wenn es Chris wieder besser gehen sollte..."

„He, was heißt hier sollte?", fiel Sandy ihr ins Wort.

„Naja, vielleicht ging es ihm gestern gut, aber heute kann das schon wieder völlig anders aussehen, Sandy. Raik ist noch nicht lange tot, und du weißt, wie Chris an ihm gehangen hat."

Sandy schwieg. Plötzlich war da irgendwas, etwas, das sie bisher übersehen hatte. Nicht hatte sehen wollen. Schließlich wäre es schon sehr eigenartig, dass es von jetzt auf gleich diesen Punkt gegeben haben sollte, der Chris die Trauer vergessen ließ.

„Ich weiß nicht ...", sagte sie und kam sich wie ein kleines Kind vor. Sie war so naiv gewesen. Wie hatte sie sich einreden können, dass von nun an alles wieder so war wie zuvor ... Sie selbst war ja auch nicht mehr dieselbe, aber im Gegensatz zu Chris wollte sie leben – auch mit der Trauer.

„Aber", Ulrike versuchte offensichtlich, Sandy wieder zu beruhigen, „vielleicht war das gestern ein kleiner Schritt Richtung Zukunft."

Sandy stand betrübt von ihrem Stuhl auf. „Hoffen wir es", sagte sie im Vorbeigehen.

Mit sich ringend, schaute sie aus dem Fenster auf die alte Eiche. Es regnete wieder, oder immer noch? Sie konnte sich kaum noch daran erinnern, wann es das letzte Mal nicht geregnet hatte. Sie war so dumm. Es war ihr Wunsch gewesen, dass es ihm besser ging, dass er drüber hinweg war. Wie egoistisch. Wahrscheinlich hoffte sie nur, dann nicht mehr diese Entscheidung fällen zu müssen. Ihr graute bei diesem Gedanken. Wie hatte sie nur glauben können, dass sich was verändert hatte. Schließlich hatte er ihr noch vor zwei Tagen was von Selbstmord erzählt. Plötzlich war sie wieder da, die Angst.

Chris

Berauscht von der Musik und dem Alkohol schaute er ins Leere. Er hatte nicht das Gefühl, dass es ihm zu viel werden könnte. Nein, er genoss die Zeit mit seinen Freunden, die alle gekommen waren, um sich von ihm zu verabschieden – was allerdings keiner wusste. Abgesehen von Sandy, die diesem Treiben schweigend zusah. Er sog den Moment in sich auf, und es war fast so, als wäre es wieder wie früher, nur dass der Platz neben ihm leer war, auf den er jetzt starrte. Chris versuchte, sich vorzustellen, wie es sich anfühlen würde, wenn er jetzt, genau an dieser Stelle, in Raiks Armen liegen könnte, Raiks Hände streichelnd auf seinem Kopf.. Wenn dies nicht der letzte jener Abende gewesen wäre, nach denen am nächsten Tag alle Gäste felsenfest behaupteten, dass sie *nie* wieder *so* viel trinken werden. Wenn er nur da gewesen wäre, als ihre Freunde gekommen waren, dann hätte niemand scheinheilig gefragt, wie es Chris ginge, und er hätte nicht „gut" antworten müssen, was gelogen war, aber die Situation für die anderen vereinfachte. Wenn er nur …

Simone musste seine geistige Reise bemerkt haben und riss ihn aus den Gedanken.

„Er fehlt dir, was?", fragte sie ihn. Leider viel zu laut. Sofort stellten alle ihre Gespräche ein und sahen zu Chris. Selbst Sandy, die sich den ganzen Abend still in eine Ecke verzogen hatte, um den Schuld zuweisenden Blicken der anderen auszuweichen, schaute auf.

Chris war von der Frage verwirrt, vielleicht auch überrascht, denn Raik war den ganzen Abend noch nicht ein Mal erwähnt worden.

„Ich …", antwortete er zögerlich und drehte seinen Kopf weg von der Gruppe Richtung Fenster, „ich weiß es nicht!"

Schon wieder gelogen. Allein dass Simone diese Frage stellte, löste in ihm einen Vulkan aus. Er hatte Mühe, sich zusammenzureißen, nicht loszuheulen und aus dem Zimmer zu rennen. Aber er wollte den Abend nicht kaputt machen.

„Warum lässt du uns nicht an deiner Trauer teilhaben?“, sagte Geli, Simones jüngere Schwester, der es offenbar wichtig war, das Thema zu halten, denn sie stand vom Sofa auf und hockte sich vor ihn. „Wir sind deine Freunde, und wir sind heute Abend auch da, weil wir seit seinem Tod auf ein Zeichen von dir hoffen.“

„Uns fehlt er ja auch“, warf Simone ein, und alle stimmten mehr oder weniger betroffen zu. Auch Sandy, die zu ihm rüber kam und den leeren Platz neben ihn besetzte. Sie legte ihren Arm um seine Schulter.

„Ihr habt euch wieder vertragen?“, fragte Steffi.

„Ja“, antwortete Chris und lehnte seinen Kopf an den von Sandy, um ihr möglichst unauffällig ein „Danke“ ins Ohr zu hauchen. „Wir haben uns ausgesprochen“, setzte er schnell hinzu, glücklich über den Themenwechsel, „letzten Sonntag.“

„War ja auch mal an der Zeit“, stellte Geli fest.

„Willkommen zurück im Club“, sagte Simone zu Sandy, nicht ganz ohne einen spöttischen Tonfall, und Steffi schaute nur missbilligend auf sie herab, da sie ihr insgeheim die Schuld an allem gab und vollends hinter Chris stand. Es sprach niemand aus, aber alle waren wohl der Meinung, dass es hätte nie so weit kommen müssen, und dass es nur so weit kam, weil Sandy mit Raik schlief. Chris war ihnen wichtiger, Sandy nur eine Figur am Rande, die sich irgendwann in das Leben von ihm und seinem Freund mischte. Keiner von Chris Freunden wollte Sandy dabei haben, aber sie war immer da und machte den Platz der anderen streitig, für die Chris plötzlich kaum noch Zeit hatte. Sie konnten gar nicht anders als parteiisch zu sein.

Nur Ulrike, stand etwas entfernt und schien neutral die Entwicklung des Gesprächs zu beobachten, fast als wartete sie auf ihren Einsatz.

„Hört mal", sagte Sandy, „was da passiert ist, war doch nie meine Absicht. Manchmal wünschte ich, ich könnte sagen, was ich fühle, wenn ihr mich so anschaut oder in euren Stimmen die Vorwürfe mitschwingen. Aber es geht hier nicht um mich! Es geht um Chris und darum, dass es ihm verflucht noch mal extrem scheiße geht. Auch wenn es nicht danach aussieht."

Sandy redete schnell. Als wolle sie sich von dem Druck befreien und Chris kochte, fragte sich, warum sie den Leuten verriet, wie es ihm ging, und befürchtete, dass sie auch noch aussprechen könnte, was er vorhatte und welchen Zweck diese Party tatsächlich erfüllte.

„Du kannst dich nicht aus der Verantwortung ziehen, Sandy", sagte Simone kühl.

„Das will ich gar nicht. Ihr könnt gern auf mich sauer sein, mich fertig machen und mir auch immer wieder zu verstehen geben, dass ich das Letzte bin."

Ulrikes Augen ruhten auf Sandy, und Chris fragte sich, warum sie die ganze Zeit schwieg, obwohl sie doch sonst zu allem etwas beizutragen hatte.

„Was ich sagen will ist, dass ihr die letzten Wochen nicht da gewesen seid. Ihr habt abgewartet und gehofft, dass es Chris wieder besser geht, damit ihr keine Verantwortung für ihn übernehmen müsst. Und wenn ihr meint, dass ich mich an Raiks Tod schuldig gemacht habe, dann habt ihr euch an Chris mindestens genauso schuldig gemacht."

Es wurde ganz still, unruhig schaute Chris durch den Raum. Wie konnte man so über ihn sprechen – und das in seiner Anwesenheit. Woher nahm sie das Recht, hier und jetzt diese Diskussion zu führen? Ihm war es doch egal, ob jemand da war oder nicht. Er hatte nichts anderes erwartet, und das Alleinsein war ihm ganz lieb.

„Sandy, vermutlich stimmt es, was du sagst." Ulrike löste ihre verschränkten Arme und steckte ihre Hände stattdessen in die Taschen ihrer Jeans. „Wobei ich diese ganzen Schuldzuweisungen ziemlich unnütze finde. Du hast jedenfalls keine Schuld ...", dabei guckte sie Chris an, dessen Augen an ihrem Mund klebten, „tut mir leid, Chris, wenn ich das jetzt so sage." Chris nickte ihr zu. „Ja, Sandy hat mit Chris' Freund geschlafen . Das Drama , das sich daraus entwickelte, hat doch aber niemand beabsichtigt . Es war`ne Affäre, wie sie jeder von uns schon mal hatte, nicht mehr als Sex, aber eben auch nicht weniger"

„Warum schützt du Sandy jetzt? Es war total eindeutig ein Fehler, und sie hätte einfach nicht mit ihm schlafen dürfen", sagte Steffi.

„Okay, ihr wisst, dass sie mit ihm geschlafen hat. Aber wisst ihr wieso? Habt ihr euch einmal gefragt, was dazu führte und wie die Umstände waren? Und meint ihr nicht, dass es etwas absurd ist, seinen Tod mit diesem einen Mal Sex in Verbindung zu bringen?", fragte Ulrike in die Runde. Aber niemand reagierte. Ulrikes scharfe Worte schienen alle Vorwürfe zerschnitten zu haben.

„Sie kann es uns ja mal erzählen, mich würde es interessieren", schlug sie vor, aber es klang eher wie eine Aufforderung.

Chris fühlte sich wie ein Zuschauer in einem schlecht inszenierten Theaterstück. Ihn interessierte es nicht, wer welche Argumente vorzubringen hatte und wie der Tod seines Geliebten hätte vereitelt werden können. Ihm war es auch nicht wichtig, die Schuldfrage zu klären. Er selbst hatte die Schuld zu tragen, dass er Raik nicht verziehen und so die Möglichkeit verspielt hatte, seinem Herrn Biedermann sagen zu können, wie sehr er ihn liebte.

Sandy

Ihr war klar, was sie von ihr hören wollten, und es war ein komisches Gefühl, nun die Aufforderung im Rücken zu haben, darüber sprechen zu müssen. Und das auch noch in Chris' Anwesenheit.

Sandy überlegte. Schwieg. Sie wagte kaum, sich zu bewegen. Chris stand auf und wechselte die Musik. Eine gespannte Ruhe beherrschte den Raum, eine Ruhe, untermalt von Edith Piaf. Typisch Chris, dachte Sandy. Für jeden Anlass, jede Party, jedes Essen stellte er einen Soundtrack zusammen. Diesmal wohl mit dem Akzent Frankreich, und in Gedanken rollte sie das ‚R' und quetschte das ‚A' so, wie es ein Deutsch sprechender Franzose tun würde.

Damit hatte sie nicht gerechnet. Wäre sie trotzdem gekommen? Dieser Abend glich einem Spießrutenlauf. Oder einer Gerichtsverhandlung. Sie die Angeklagte, alle anderen die Schöffen, Chris der Richter, der sein Urteil in weniger als vier Tagen fällen wird.

„Die beiden hatten damals zwei Freikarten fürs Theater bekommen. Aber Chris war krank", fing sie an zu erzählen, „deshalb wollte er, dass ich mit Raik zur Vorstellung gehe, um ihm danach haarklein zu berichten, wie es gewesen war. Das Stück. Die Schauspieler. Das Licht. Der Ton."

„Und", fragte Steffi ungeduldig, „schwafel nicht zu viel drumherum, und komm zur Sache."

„Jetzt halt dich mal zurück", fuhr Ulrike sie an.

Sandy ließ sich davon aber nicht beirren und redete weiter. Ein Zurück gab es jetzt eh nicht mehr.

„Die Karten hatte Chris und Raik vom Intendanten bekommen, nach der Premiere von ‚Schrei', als Dankeschön für ihre tolle Arbeit. Das neue Stück war eine ultramoderne Inszenierung von Antigone und wirklich sehr gelungen – wenn auch schrecklich tragisch ...“ Sie musste schlucken, setzte ihren Satz aber fort, „... mit den drei Selbstmorden am Schluss.“ Kurz drehte sie den Kopf zu Chris, doch der starrte wie versteinert auf die Regenrinnsale an der Fensterscheibe.

„Wir sind dann noch was trinken gegangen.“

Und wie auf Kommando nahm Simone eine der angebrochenen Rotweinflaschen und goss sich und Sandy nach. Sandy nahm einen kräftigen Schluck. Eigentlich mochte sie keinen Rotwein, weil ihre Zunge davon so pelzig wurde und sich ihre spröden Lippen bläulich verfärbten. Aber das war ihr im Moment völlig egal. Hauptsache, der Alkohol wirkte und sie hielt die Verhandlung durch. Die Bilder waren alle noch da. Wie sie mit Raik in der Bar saß und sie einen Drink nach dem anderen bestellten, bis sich alles um sie herum zu drehen begann und sie kaum noch gerade laufen konnten.

„Wir haben recht viel getrunken...“, verlegen räusperte sie sich, „eigentlich waren wir besoffen, deshalb haben wir ein Taxi gerufen und sind zu mir gefahren, um einen Kaffee zu trinken und vorbeugend eine Kopfschmerztablette zu nehmen. Na ja, und dann kam eins aufs andere und wir haben miteinander geschlafen...“

Es war merkwürdig, einfach so darüber zu sprechen, als wäre das nichts Besonderes. Denn es fühlte sich gleichzeitig schmutzig und verdorben, schön und lustvoll, unehrlich und intrigant an.

Es war der beste Sex, den sie je hatte, vielleicht auch wegen des Nervenkitzels. Schließlich schlief sie mit dem Freund ihres besten Freundes – und der hatte sonst eigentlich nur mit Männern Sex ... nur mit Chris, berichtigte sie ihren Gedanken.

Sandy strich Raik behutsam eine verschwitzte Haarsträhne aus dem Gesicht. Er hatte dunkelbraunes, kinnlanges, widerspenstiges Haar. Eigentlich war er gar nicht ihr Typ. Er hatte eine große Nase, die in seinem schmalen Gesicht überdimensioniert wirkte; seine buschigen Augenbrauen, seine hohe Stirn, die Glubschaugen und die leicht abstehenden Ohren, all das hatte dafür gesprochen, dass sie ihn nie attraktiv finden würde. Dennoch fühlte sie sich in diesem Moment stark von ihm angezogen.

Sie bat Raik, den Kaffee aufzusetzen und ging ins Bad, um nach den Kopfschmerztabletten zu suchen und sich kaltes Wasser über Gesicht und Unterarme laufen zu lassen.

Als Sandy in die Küche zurückkam, standen schon zwei Kaffeetassen auf dem Tisch und die Kaffeemaschine gluckste vor sich hin. Raik lächelte. Sandy lächelte zurück und reichte ihm eine Tablette.

„Wasser ist da drüben", sagte sie und deutete auf eine angebrochene Flasche, auf dem Küchenschrank. Sandy beobachtete ihn, als er die Tablette mit einem durstigen Schluck hinunterspülte. Ihr fiel auf, wie ausgeprägt sein Adamsapfel war, und verweilte länger als gewollt auf seinem markanten Profil.

„Alles in Ordnung mit dir?", fragte er grinsend.

„Klar … alles in Ordnung … mir fiel nur auf …", sie unterbrach sich. Worauf wollte sie eigentlich hinaus?

„Was fiel dir auf?"

Sandy ging an ihm vorbei zur Kaffeemaschine und säuselte ihm ins Ohr: „Nichts … unser Kaffee ist fertig."

Überrascht stellte sie fest, dass ihre Hand etwas zitterte, als sie die Tassen voll goss. Sie stellte die Kanne zurück auf die Heizplatte und setzte sich an den Tisch.

„Nimm doch Platz!“, forderte sie ihn auf.

„Was fiel dir auf?“, fragte Raik hartnäckig, nahm seine Tasse, blieb aber stehen.

„Ach, gar nichts … schon okay, wirklich.“

„Jetzt hab’ dich nicht so.“

„Dein Kehlkopf …“, sie war verlegen, fühlte sich ertappt, „… ist ziemlich groß.“

„Ja und?“, fragte Raik lachend.

„Na ja … das ist irgendwie männlich.“

„Und was willst du mir damit sagen?“

„Nichts, fiel mir nur auf.“

Sandy schlürfte den dampfenden Kaffee und merkte, wie die Wirkung des Alkohols allmählich nachließ. Statt noch mal nachzufragen, setzte sich Raik nun doch auf den Stuhl ihr gegenüber und trank.

„Scheiße“, fluchte er.

„Was ist?“

„Ich hab mir die Zunge verbrannt.“

„Soll ich mal pusten?“ Sandy beugte sich über den Tisch. „Komm … streck deine Zunge raus.“

„Du bist betrunken“, sagte er und streckte seine Zunge raus. Sandy pustete, wie man es bei einem kleinen Kind machte, wenn es hingefallen war. Dann spitzte sie ihre Lippen und küsste seine Zungenspitze. Als sie ihn kurz ansah, lächelte er. Sie stützte sich mit ihren Ellenbogen auf dem Tisch ab und nahm seinen Kopf in ihre Hände.

„Küss mich“, flüsterte sie. Raik küsste Sandy.

Er küsst verdammt gut, dachte sie mit geschlossenen Augen und ließ sich von der Situation treiben … Nach ein paar Minuten entzog sie ihm ihren Mund und stand auf.

„Komm", sagte sie und nahm ihn bei der Hand, „drüben ist es gemütlicher."

Schweigend folgte Raik ihr ins Schlafzimmer, sie legten sich aufs Bett und machten da weiter, wo sie in der Küche aufgehört hatten. Ihre Zungen spielten miteinander, und sie begannen vorsichtig, sich zu streicheln. Sandy legte seine Hand auf ihre Brust, während sie sein T-Shirt etwas hochschob und mit ihren Fingerspitzen seinen warmen Rücken berührte.

Beide stöhnten sie leise. Von einer Lustwelle getragen, setzte Sandy sich auf ihn und zog ihre Bluse aus. Raik küsste ihr Dekolleté und öffnete vorsichtig ihren BH. Sie streifte ihm sein T-Shirt ab.

Eng umschlungen wälzten sie sich im Bett. Draußen wurde es langsam hell. Ihr Stöhnen wurde leidenschaftlicher, ihre Hände glitten an ihren Körpern immer tiefer. Sie küsste seinen Oberköper, spielte mit ihrer Zunge in seinem Bauchnabel und öffnete seine Hose. Dann stand sie auf, zog ihren Rock aus und nahm aus einer Schublade ein Kondom. Sie beobachtete, wie Raik seine Hose auszog und legte sich wieder neben ihn. Mit dem Mittelfinger strich sie langsam seine Shorts von den Hüften, zu den Knien bis über die Füße …

Sie schliefen miteinander, dachten an nichts und niemanden. Ihre Körper waren feucht vom Schweiß der Erregung. Das Stöhnen wurde hemmungsloser. Sandy krallte ihre Finger in seinen Rücken, Raik biss ihr mit leichtem Druck in den Hals. Es war wie ein stummer Schrei, als es jeden Muskel und jeden Nerv mit wohliger Entspannung durchzog und beide erschöpft voneinander ab ließen.

„Und danach?", fragte Geli, womit sie Sandy zurück in die Gegenwart holte.

„Danach?"

„Na, nachdem ihr miteinander geschlafen habt?"

„Erst war Raik ganz still, dann weinte er, und ich dachte, dass es ein Fehler gewesen war."

„Wohl wahr", mischte sich Steffi ein.

Sandy wusste nicht, ob sie es in dem Augenblick tatsächlich als Fehler empfunden hatte. Sie hatte den Sex mit Raik genossen, auch wenn ihr gleich danach schmerzlich bewusst gemacht wurde, dass es eben nicht mehr war als das. Aber hätte sie denn mehr gewollt? Nein. Dafür war Raik nicht der Richtige. Das Gefühl, das sie für dieses Mehr brauchte, steckte viel tiefer, in einer ganz anderen Ecke ihres Herzens. Was sie mit Raik verband war Freundschaft, allerdings, wie sie gerade festgestellt hatte, nicht frei von erotischer Anziehung.

Da saß sie nun, fröstelnd, mit der Bettdecke über den nackten Schultern, und sah Raik an. Ein Häufchen Elend. Und sie vermutete, dass er plötzlich ebenso nüchtern wurde wie sie.

„Es war ein Fehler", sagte sie.

Raik nickte.

„Was willst du jetzt tun?"

„Ich weiß nicht, Sandy", und er strich sich die Tränen aus dem Gesicht, „aber ich weiß, dass so was wie eben nicht noch mal passieren darf. Ich liebe Chris … und nur Chris. Ich hoffe, dir ist das klar."

„Klar …,“ sagte sie leise und fühlte sich plötzlich benutzt, „klar ist mir das klar. Du liebst Chris …“, und ich liebe Chris, dachte sie den Satz zu Ende.

„Wir sollten uns erstmal aus dem Weg gehen“, sagte Raik und band sich die Schuhe zu. „Es wäre sogar das Beste, du gingest auch Chris in der nächsten Zeit aus dem Weg.“

Sie schluckte. Antworten konnte sie nicht, schaffte es aber zu nicken. Dann ging Raik, ohne sich zu verabschieden oder ihr noch einen Blick zu schenken.

Chris

Steffi war die Erste, die sich verabschiedete, mit der Begründung, dass sie recht zeitig aufstehen müsse, um noch Requisiten für das neue Stück zu besorgen. Chris begleitete sie das Treppenhaus hinunter, da er richtig vermutete, dass die Tür abgeschlossen sei. Er schloss die Tür auf und umarmte Steffi, fester als sonst. Er sagte ihr, dass er sie schrecklich gern habe – auch wenn sie nicht immer die Hellste sei, dafür aber der Mensch mit dem größten Herzen. Steffi lachte. Sie kannte und mochte mittlerweile Chris' kleine Sticheleien, gab ihm einen Kuss auf die Stirn und ging.

Auf dem Weg nach oben schaltete sich das Licht im Treppenhaus automatisch aus. Chris blieb stehen. Aus seiner Wohnung drangen dumpf die Stimmen der Freunde. Die Atmosphäre hatte sich anscheinend wieder entspannt, und es würde keinem auffallen, wenn er sich einen Augenblick zurückzöge. Er setzte sich auf eine Stufe und ließ sich die Unterhaltung auf seiner Abschiedsparty durch den Kopf gehen. Jetzt erst hatte er erfahren, dass es die Nacht war, als Raik und Sandy im Theater waren … Und plötzlich war es schlüssig. Chris hatte auf ihn gewartet …

Raik kam erst sehr spät und entschuldigte sich, er sei mit Sandy in einer Bar hängen geblieben. Raik wirkte etwas verstört und fast unheimlich liebevoll. Dann verschwand er schnell in der Dusche. Als er wiederkam, legte er sich neben Chris. Sie lagen noch Stunden wach, bevor sie einschliefen. Am nächsten Morgen wurde er von Raik mit einem Frühstück am Bett geweckt, und sie liebten sich.

Es war alles okay. Hätte er nur nichts gesagt, dann wäre auch jetzt noch alles okay, schoss es ihm durch den Kopf.

„Warum sitzt du hier im Dunkeln", fragte Ulrike, die sich auf den Heimweg machen wollte.

„Mir war grad danach", antwortete Chris. „Willst du schon gehen?"

„Ja, es ist spät geworden", sagte sie.

„Darf ich dich ein Stück begleiten?"

„Wieso nicht? Aber willst du dir nicht 'ne Jacke überziehen?"

„Nee, das geht schon, der Regen macht mir nichts aus."

„Gut."

Einige Minuten liefen sie schweigend nebeneinander her. Ulrike war eine schöne Frau. Etwa 35 Jahre, lange dunkelblonde Haare und ein Gesicht, das auf jedem Millimeter Lebendigkeit ausstrahlte. Sie hatte wesentlich mehr Lebenserfahrung als seine anderen Freunde, die alle in seinem Alter waren. Chris schätzte sie deshalb sehr. Ihre Weisheit, ihren Sinn für Humor und ihren Kampfgeist. Er unterschied sehr genau zwischen hübsch und schön, diese Unterscheidung war ihm wichtig. Hübsch ist ein Mensch, der äußerlich gut aussieht, schön ist jemand, der von innen heraus seine Umgebung, seine Mitmenschen ein bisschen verzaubert – wie eine gute Fee.

Ulrike ließ sich Zeit, um sich eine Meinung zu bilden – und bis dahin blieb sie neutral. Vorschnelle Urteile lehnte sie ab. Oft wünschte Chris, er könnte diese innere Stärke und Konsequenz auch aufbringen. Aber bei ihm kam ein spontanes Gefühl dazwischen, das bestimmte, was er über Situationen und Menschen dachte. Und er war selten im Stande, sich seinen Gefühlen zu widersetzen.

„Woran denkst du?“, fragte sie ihn.

„An Richtig und an Falsch und daran, dass du alles richtig machst“, antwortete er.

„Das stimmt nun wirklich nicht.“

„Doch, tut es.“

„Wieso?“

„Weil du die Gabe hast, Dinge sachlich und objektiv abzuwägen“, sagte Chris.

„Hm…“, sie wühlte in ihrer Tasche und zog ein kleines Päckchen heraus, „das wollte ich dir noch geben“, und reichte es ihm.

„Danke.“

„Nicht der Rede wert“, sagte sie. „Aber ich bin überhaupt nicht immer objektiv und sachlich, das hat mir Sandy heute Abend erst wieder bewiesen.“

„Inwiefern?“

„Ich hab mich, nachdem ich von Raiks Tod gehört habe …“ – in Chris zog sich alles zusammen – „… nicht getraut, dir zu begegnen, geschweige denn mich der Situation zu stellen.“

„Warum?“

„Es war für mich so schwer nachvollziehbar, was wohl in dir vorgeht, wie du weiter lebst, wie du dich fühlst", sie machte eine kurze Pause und flüsterte dann, als hoffte sie, Chris würde es überhören: „Ich hatte Angst, mich deiner Trauer auszusetzen. Ich kannte Raik kaum und wusste nicht, ob ich dir die richtige Anteilnahme würde zukommen lassen können."

Chris schwieg.

„Versteh' mich nicht falsch, es hat mich schrecklich traurig gemacht, als ich davon gehört habe, vor allem auch, weil ich dich noch nie glücklicher gesehen habe als mit ihm. Ihr beide wart so was wie der Inbegriff eines Traumpaars für mich. Ich hab mich so hilflos gefühlt, weil ich wusste, dass ich kaum was tun oder sagen kann, damit es dir besser geht."

Nun schwieg auch sie. Und es schien nicht so, als erwartete sie eine Antwort. Aber Chris hätte auch gar keine Antwort gewusst. Der Inbegriff eines Traumpaars … Stimmt, dachte er, jetzt war sein Leben, als wäre es zuvor nur ein Traum gewesen.

Sandy

„Wo bleibt Chris eigentlich?", fragte Simone.

Sandy zuckte nur die Schultern. Sie war müde und fand den Abend anstrengend und unfair. Abgesehen von Ulrike, interessierte es keinen hier, was sie zu ihrer Verteidigung vorzubringen hatte. Sie hätte erwartet, dass man wenigstens versuchte, sie zu verstehen. Sie war wütend und enttäuscht, wegen der Erkenntnis, dass Chris und Raik mal wieder Recht hatten mit ihrer Devise ‚Hab keine Erwartungen, dann werden sie auch nicht enttäuscht'. Aber lag es nicht in der Natur des Menschen, dass er Dinge erwartete? Vielleicht redete sie sich das aber auch ein, und sie war einfach nur nicht fähig, sich und ihre Bedürfnisse – wie bestimmte Erwartungen haben zu können – zu kontrollieren. Hatte sie erwartet, dass es gut läuft und der Abend unbeschwert für sie wird? Eigentlich war sie ja vom Schlimmsten ausgegangen und zu Anfang erstaunt gewesen über die lockere Stimmung. Erst die Erwähnung von Raiks Namen hatte sie gekippt …

„Wir machen dann auch mal los", sagte Geli, die schon dabei war, sich ihre Jacke anzuziehen. Auch Simone war in Aufbruchsstimmung und schnürte sich die Schuhe:

„Sag Chris, dass es nett war und wir in den nächsten Tagen noch mal vorbeikommen."

„Habt ihr es wirklich *nett* gefunden?", fragte Sandy.

„Klar, wieso denn nicht?", antwortete Geli, die nun schon an der Wohnungstür stand.

„Ich dachte nur, die Stimmung war doch irgendwie gedrückt."

„Fand ich nicht", sagte Simone.

Sie verabschiedeten sich, und Sandy blieb allein in der Wohnung zurück. Bloß nicht heulen, dachte sie und begann aufzuräumen. Gläser und Flaschen vom Wohnzimmertisch in die Küche, Aschenbecher leeren, Fenster öffnen, um etwas frische Luft hereinzulassen.

Sandy hielt ihr Gesicht in den Regen, während Kasper vom Sofa sprang und sich neben sie stellte.

„Na, Kleiner, vertrackter Abend, wie?"

Sie hockte sich neben ihn und streichelte über seinen Kopf. Nun konnte sie die Tränen nicht mehr zurückhalten und wie schon so oft in der letzten Zeit liefen sie ihr über die Wangen und vermischten sich mit den Regentropfen. Sie weinte, und aus diesem Weinen wurde ein verzweifeltes Schluchzen. Erschöpft setzte sie sich auf den Boden und lehnte ihren Rücken gegen den warmen Heizkörper.

„Ich halt das nicht mehr lange aus, Kasper. Mach was, damit dein Herrchen wieder zur Vernunft kommt.“

Kasper schlabberte ihr die Regentränen vom Gesicht.

Auf Chris wartend schlief Sandy ein.

Tag 4

Über die Trauer

Chris

Plötzlich überkam ihn wieder diese tiefe Traurigkeit. Seit Raik tot war, war er jeden Tag traurig, aber es gab Momente, da war es noch schlimmer als sonst. Die Traurigkeit schien ihn auffressen zu wollen, und er konnte nicht anders, als sich ihr auszuliefern. Dann weinte er nicht mehr, der Schmerz verzehrte alle Tränen. Er flehte um Vergebung und betete, dass es aufhörte, so verdammt wehzutun. Verzweifelt versuchte er, an die schönen Tage zu denken, so wie es der Pfarrer in der Kirche gesagt hatte. Denn die sollen es sein, die denen, die ihn liebten, im Herzen blieben.

Chris durchwühlte die Schränke auf der Suche nach der besonderen Erinnerung an den glücklichsten Augenblick, den sie zusammen hatten, und wieder einmal wurde ihm schrecklich bewusst, dass alles, was ihn umgab, eine Erinnerung an Glück war. Jeden Stuhl, die Couch, sogar den Schrank, in dem er wühlte, hatten sie zusammen ausgesucht. Da war nichts in dieser Wohnung, wo Raik nicht inne lebte. Das machte es so schlimm. So verdammt ungerecht.

Nachdem er die dritte Schublade ausgeschüttet hatte, fand er, was er jetzt brauchte. Es war dieser Brief. Der erste Brief. Chris legte sich aufs Sofa. Kasper beobachte ihn verwundert, dann schaute er mit bittendem Blick in Chris gerötetes Gesicht, auf die Geste hoffend, die ihm zu verstehen gab, dass er sich auch da oben platzieren durfte. Chris klopfte auf das Polster und Kasper sprang durch die im Licht der Stehlampe tanzenden Staubpartikel neben ihn.

„Es muss doch irgendwann aufhören", flüsterte er dem Hund ins Ohr und nahm eine CD und den Brief aus dem Umschlag. Auf der CD war der Soundtrack zu „Die Leiden des Herrn Biedermann". Chris stand auf und legte sie in den CD-Player.

War es wirklich schon so lange her, dass er diesen Briefumschlag zum ersten Mal geöffnet hatte?

Kasper atmete tief, als Chris sich, nachdem er die Kerzen auf dem Tisch angezündet und das Licht gelöscht hatte, wieder neben ihn setzte. Joni Mitchell sang von den Wolken und dass sie sie nun von beiden Seiten betrachten kann, von oben und von unten, sie aber trotzdem nicht kennt. Wolken bringen Regen und Schnee, und Chris fand sich wieder in dem Titelsong, der einst für eine Komödie gedacht war. „Das Leiden des Herrn Biedermann", des Hausmeisters, der eigentlich Balletttänzer sein wollte. Selbst dieses Lied hat die Zeit verändert, dachte Chris, faltete den Brief auseinander, stellte den Song per Fernbedienung auf die Endlosschleife und fing an zu lesen.

Lieber Chris,

irgendetwas hat sich zwischen uns verändert, seitdem ich dich geküsst habe. Mir gehen so schrecklich vielen Dinge durch den Kopf, die ich gern mit dir besprechen möchte, aber ich traue mich nicht, weil ich das Gefühl habe, dass es falsch war und du mir jetzt aus dem Weg gehst. Deshalb möchte ich es dir auf diesem Weg erklären, was da in mich gefahren ist, auch wenn ich Angst habe, dass du über mich lachen könntest.

Ich musste dich einfach küssen, weil das Publikum so begeistert war und ich plötzlich das Gefühl hatte, dass unsere Arbeit belohnt wurde. Ja, unsere Arbeit! Ohne deiner Musik wäre das Stück nicht halb so schön geworden, und hättest du mit mir nicht jeden Tag den Text geübt ... Ich möchte nicht wissen, wie diese Vorstellung verlaufen wäre. Ich konnte mich auf nichts anderes konzentrieren als auf dich. Ich hätte es nicht geschafft, den Text zu lernen, wenn ich ihn nicht mit dir einstudiert hätte. Weil sich die ganze Zeit alles nur um dich drehte. Vor allem in meinem Herzen. Und dann lief die Premiere so toll. Ich habe die ganze Zeit an dich gedacht, als ich als Herr Biedermann von der Praktikantin schwärmte, darum war es so einfach die Gefühle glaubhaft auf die Bühne zu bringen. Denn das Biedermännel weiß ja auch nicht, was in der Praktikantin vorgeht. Leider muss er am Ende feststellen, dass sie einen Freund hat. So ähnlich geht es mir. Seit diesem Kuss hat sich alles zwischen uns verändert. Vorher sahen wir uns täglich, und mir war, als wären wir uns nah. Nun sind wir uns fremd, und mir bleibt nicht mehr als die Vermutung, dass das zwischen uns nie was werden kann, weil du grundsätzlich nicht auf Typen stehst, vielleicht sogar eine Freundin hast. Aber selbst das weiß ich nicht. Doch wenn ich es wüsste, dann kann ich dir versprechen, dass es tröstend für mich wäre, weil ich den Grund für deine Distanz kenne ... vor allem aber weil ich weiß, dass du glücklich bist. Ich habe immer wieder davon geträumt, wie es wäre, wenn wir zusammengehörten. So richtig meine ich. Immer mischte sich in diesen Traum das Gefühl ein, dass ich dich glücklich machen wollte. Aber ich weiß es eben nicht! Weiß nicht, wie du diesen Kuss verstanden hast und ob es ein Fehler war, meinen Gefühlen so viel Schwung zu verleihen, dass ich meine Lippen auf deine presste. Mittlerweile glaube ich fast, dass ich es mir sogar nur einbildete, dass du dich daran beteiligt hast. Ich nehme „unsere" Zeit auseinander und suche nach Indizien dafür, dass du nicht dasselbe für mich empfindest. Es gab da so viele Situationen, die ich noch immer nicht zu deuten weiß, die viel Interpretationsspielraum lassen. Mir wird ganz schwindelig, wenn ich daran denke, wie wir auf deinem Bett lagen,

Musik hörten und die Decke anstarrten. Und das stundenlang, bis zum Morgengrauen. Ich wollte die ganze Zeit, dass wir uns näher sind, leckte mir über die Lippen, in der Hoffnung, dass ich im nächsten Moment den Mut finden würde, dich zu küssen. Ich räusperte mich, weil ich dachte, dass mir im nächsten Anlauf nicht die Stimme fehlen würde, um dir zu sagen, dass ich dich gern in die Arme nehmen würde. Nur leider ging nichts – und ich kam mir schrecklich bescheuert vor, als du mich am Morgen gebeten hast zu gehen, weil du so müde seiest. Selbst in diesem Moment suchte ich nach dem Wunsch in deiner Stimme, der mir zumindest andeutete, dass du möchtest, dass ich bleibe. Aber ich war immer zu unsicher. Wir haben ja auch nie über unser Liebesleben gesprochen. Dennoch wünschte ich mir jeden Tag, dass ich dich, wenn wir uns begegnen, mit ‚Hallo Schatz' und einer Umarmung begrüßen könnte. Mittlerweile find ich es selbst lächerlich, weil die Wahrscheinlichkeit, dass du genauso empfindest, verschwindend gering ist. Aber Chris, ich habe mir das nicht ausgesucht …

Und was ich dir eigentlich sagen wollte ist, dass ich mich unsterblich in dich verliebt habe. So kitschig und abgedroschen das auch klingen mag.

Dein Herr Biedermann!

Sandy

Ihr Kopf schien explodieren zu wollen, dabei war sie sich sicher, dass sie nicht viel getrunken hatte. Sie versuchte, den Abend zu rekonstruieren – und die Erinnerungen kamen schneller, als ihr lieb war. Aus irgendeinem Grund war Chris sauer auf sie gewesen, als er nach Hause kam, und warf sie raus. Sie versuchte, ihm zu erklären, dass sie doch nur auf ihn hatte warten wollen, weil sie sich Sorgen gemacht hatte. Chris hatte geantwortet, dass er niemanden bräuchte, der sich Sorgen um ihn macht. Also hatte sie schnell ihre Sachen geholt und war nach Hause gegangen. Diese sogenannte Party war ein Desaster.

Sandy war nicht sonderlich motiviert aufzustehen, aber irgendwann meldete sich ihr Magen, dessen Inhalt sie wenige Sekunden später aus der Kloschüssel begrüßte. Daraufhin entschied sie sich, heute zu Hause zu bleiben. Sie hatte genügend Überstunden …

Es schien einer dieser Tage zu werden, die man nur im Bett ertragen kann, mit Wärmflasche und Schokolade und der Hoffnung, dass er schnell vergeht. Sie nahm sich vor, diesmal nicht wieder bei Chris anzukommen. Jetzt ist er an der Reihe, dachte sie, und ihrem Herzen verpasste es einen Stich, wenn sie an Chris und an die vergangene Nacht dachte. Warum tat sie es sich immer wieder an? Sie rannte gegen Wände, denn sie hatte keine Chance, gegen seine Traurigkeit anzukommen. Vielleicht machte sie es sogar nur noch schlimmer dadurch, dass sie sich ihm aufdrängte. Aber tatenlos zusehen? Das hatte sie noch nie gekonnt. Eigentlich wollte sie die Welt bewegen. Schon als kleines Kind war sie der Meinung gewesen, dass sie was bewegen konnte, wenn sie es nur wollte. Das hatte sie von ihrem Vater gelernt, der immer sagte, dass ein Mensch nur das Produkt seiner Taten sei. Große Taten würden sie folglich zu einem großen Menschen machen – und diesen Anspruch hatte sie seither an sich. Mit dem Ergebnis, dass man ihr nachsagte, sie mische sich überall ein.

Und damit war sie doch wieder an dem Punkt angelangt, dass sie sich zumindest Gedanken darüber machen musste, was sie tun könnte. Sie wollte den Tag nicht einfach verstreichen lassen, schon gar nicht, wenn sie dabei war, Chris zu verlieren. Ihren Chris.

Sie kochte sich einen Kaffee, nahm eine Kopfschmerztablette und stellte das Radio an. Es lief „Cold Water" von Damien Rice, nicht das, was ihr gerade gut tat, denn es ist ein schrecklich trauriges Lied, aber sie mochte es, weil sie es oft bei Chris gehört hatte. Wieder Chris. Immer und immer wieder Chris, dachte sie und ärgerte sich über sich selbst. Mikusch strich um ihre Beine. Sie nahm den Kater auf ihren Schoß und kraulte ihn. Die Zeit verging wie in Zeitlupe. Keine halbe Stunde war vergangen, seit sie aufgestanden war. Sie musste dringend hier raus.

Chris

Er kam gerade vom Friedhof, als er das Päckchen auf der Kommode im Flur bemerkte. Es war das Geschenk, das er gestern von Ulrike bekommen hatte. Er hatte es völlig vergessen. Nun packte er es aus. „Der kleine Prinz" und eine Postkarte. Das Buch, das er schon kannte, legte er wieder zur Seite und widmete sich der Karte, auf der ein Leuchtturm zu sehen war. Der Leuchtturm stand auf einer kleinen Insel im Meer, die von den Wellen umspült wurde. Chris drehte die Karte um und las:

Lieber Christian,

ich denke, wie wohl jeder deiner Freunde, sehr oft an dich. Es ist schwierig zu verstehen, was du gerade durchmachst und wie es dir geht. Ich weiß, du hast Raik sehr geliebt, deswegen lass dir Zeit und deiner Trauer einen Raum. Vielleicht hilft dir das Buch dabei. Ich bin mir sicher, dass du es kennst, vielleicht auch schon hast. Du musst es auch nicht lesen, es hat eher einen symbolischen Charakter.

Chris nahm das Buch und schlug die Seiten nach. Dort waren zwei Textstellen grün markiert. Einmal die Stelle,

an der der kleine Prinz zur Schlange geht und der Pilot ihm
folgt. Der kleine Prinz verspricht ihm, dass, wenn er sich
getröstet habe – und er betont dabei „man tröstet sich immer" –, dass er dann in die Sterne schauen wird und sie für
ihn lachen werden. An der anderen Stelle erzählt der kleine
Prinz dem Piloten, dass er seinen Leib hier lassen müsse,
weil er zu schwer sei und er dann daliegen werde wie eine
alte verlassene Hülle. „Man soll nicht traurig sein um solche verlassenen Hüllen." Chris ahnte, was Ulrike ihm damit sagen wollte. War Raiks Körper diese Hülle? Sollte er
Raiks Lachen hören, wenn er die Sterne anschaut? Er griff
wieder nach der Karte.

*Du bist stark, Chris. Das weiß ich. Melde dich, wenn du
mich brauchst.*

Deine Ulrike.

Sandy

Unheilvoll wirkte dieser Ort, den sie nun schon zum zweiten Mal in dieser Woche aufsuchte. Die Gräber, in denen
die Leichen von Menschen lagen, die von irgendjemandem
geliebt wurden, die von Laub bedeckten Gehwege, die
hohen dunklen Bäume, die schmucklose Kapelle und dieser leicht säuerliche Geruch, von dem sie nicht genau
wusste, ob nur sie ihn roch. Es war bedrückend. Sie fand
es schon immer sehr eigenartig, dass die Menschen irgendwann begonnen haben müssen, sich Orte auszuwäh-
len, an denen man zusammen trauert und wo man vor zwei
Quadratmetern Erde steht und sich die Seele aus dem Leib
heult, weil darunter ein Häufchen Asche oder ein verwe-
sender menschlicher Kadaver liegt. Wenn sie mal starb,
dann wollte sie nicht an einem solchen Ort beigesetzt werden. Ihre Asche würde dem Wind gehören, dann wüsste

sie, dass niemand diesen bedrückenden Ort brauchte, um ihrer zu gedenken.

Sandy sah, dass die Grabplatte mit Raiks Namen, seinem Geburts- und Sterbedatum aufgestellt worden war. Ein seltsames Gefühl. Dieser schwarze, glatte Stein mit seiner weißen Gravur wirkte wie ein Bürokratenstempel. So endgültig. Der Tod war etwas Heimtückisches, er verstand, die Menschen zu täuschen, in Sicherheit zu wiegen und sie, geblendet durch ihre Trauer, in den Irrglauben zu versetzen, dass sich im nächsten Moment alles nur als Humbug herausstellt und der vermeintliche Tote quicklebendig wie immer zur Tür hereinkommt. Da die Tür aber zu bleibt und es, ohne dies zu begreifen, wohl nicht weitergeht, mussten all diese makaber anmutenden Rituale her, damit der Verstand versteht, dass es endgültiger nicht geht. Die Tür muss eine Wand aus schwarzem, glattem Stein sein, dachte sie, zwischen dem, was hier ist und dem, was vielleicht danach kommt.

Stumm sprach sie mit Raik. Erzählte ihm von der Party und von der winzigen Hoffnung, die sie gehabt hatte, dass alles wieder besser würde. Sie wollte seinen Rat. Sie wünschte sich so sehr ein Zeichen von ihm, ob Raik denn wirklich wollte, dass Chris ihm nachkommt, würde es Sinn machen? Auch das machte den Tod so gefährlich, dachte sie. Er verrät nicht, was er wirklich ist … Gab Chris sich der Illusion hin, dass er nach seinem Tod auf Raik treffen würde, obwohl danach vielleicht gar nichts ist, dann wäre er umsonst gestorben. Wenn sie nur mit Sicherheit sagen könnte, dass da etwas ist und zumindest die Möglichkeit besteht, dass er nach seinem Leben hier wieder irgendwo, irgendwie mit Raik zusammen sein könnte, dann würde sie ihn nicht aufhalten.

„Ich würde ihn ja zu dir lassen, wenn du mir sagen oder irgendwie zu verstehen geben würdest, dass du noch da bist, irgendwo", flüsterte sie und schaute sich um, auf der Suche nach einem Zeichen, aber sie bemerkte nur, dass da einfach nichts war, was sich hätte als solches deuten lassen. Und sie fuhr wieder nach Hause, darauf wartend, dass der Tag vorbeiging.

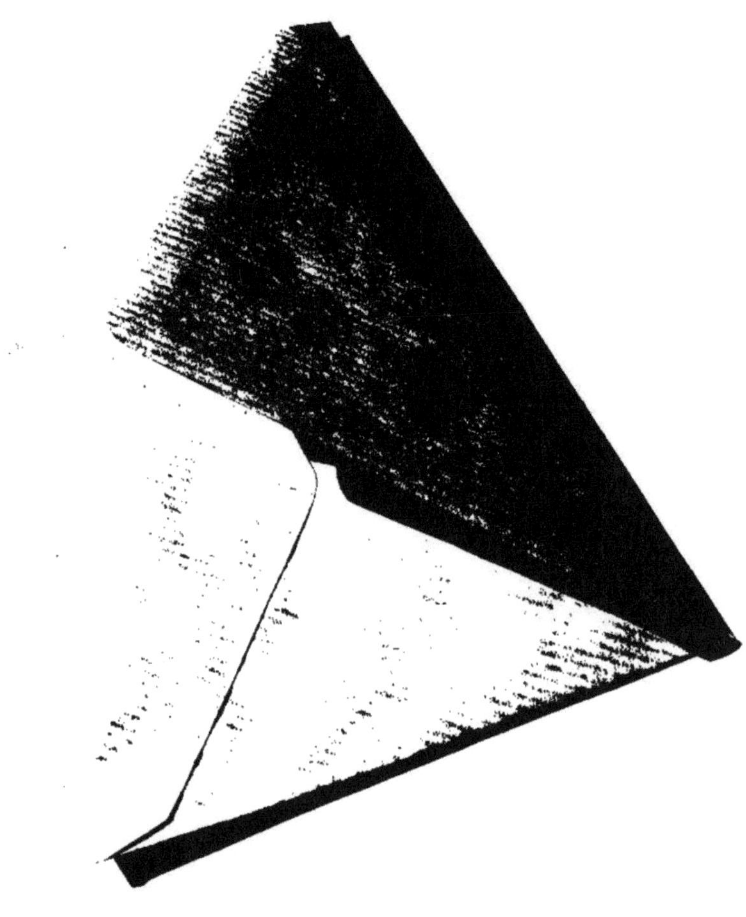

Tag 5

Über die Angst

Chris

Heute wollte er sich, so hatte er es kurz nach dem Aufwachen beschlossen, als sei es das Normalste der Welt, Gedanken über das Sterben machen. Bisher war ihm die Vorstellung, sich von der Brücke zu stürzen, noch nicht ge-
heuer. Und er hatte die Befürchtung, er könnte es sich
noch einmal anders überlegen, wenn er sich mit dieser
Angst nicht auseinandersetzte. Denn er hatte Raik versprochen, dass er zu ihm kommen wird, und er wollte sein
Versprechen halten. Es war nur ein kleiner Schritt über die
Brüstung, der ihn zu seinem Geliebten bringen würde und
vielleicht in eine Welt, die einfacher funktionierte als diese, die im Regen zu ertrinken drohte. Es könnte schlimme
Schmerzen bedeuten, wenn er überlebte. Aber das Leben
ohne Raik bedeutete auch Schmerz. Es könnte sein, dass
danach nichts ist, aber auch ein Nichts war sicherlich besser, denn wo nichts ist, kann er auch nichts fühlen.

Du fällst dein eigenes Urteil, mit einem einzigen Schritt.
Wie einfach doch das Leben war, wenn er es so einfach
beenden konnte. Er war ein Selbstmörder, zumindest im
Geiste. Chris nahm das Wort auseinander, betrachtete es
aus allen Perspektiven und stellte fest, dass er sich dadurch
stärker fühlte. Ein Selbstmörder ist mutig und willensstark.
Nicht wie einige behaupten, feige und verantwortungslos.
Er übernahm Verantwortung für sein eigenes Leben. Er
war mutig, wenn er diesen Schritt tat. Er war willensstark,
weil er es tun konnte. Was war das, ein Selbstmord? Leben
selbst beenden, skrupellos sein, weil man jemanden tötet.
Stark, weil man sich selbst beendet. Tapfer, weil man der
Angst ins Gesicht blickt, und verzweifelt, denn man

tauscht das Gewisse gegen das Ungewisse. Eigentlich hatte er Respekt verdient, wenn er es schaffte, sich zu ermorden, er hat schließlich dem Schicksal getrotzt und sein Leben aufgegeben, um wieder mit Raik zusammen zu sein. War es nicht heldenhaft, für die Liebe zu sterben? Oder redete er sich da gerade irgendwelche Dinge ein, wegen der Angst, die er vor seiner eigenen Angst hatte?

Er würde sich der Herausforderung stellen und zur Brücke gehen.

Sandy

Das Telefon klingelte. Nein, auch heute würde sie nicht zur Arbeit gehen. Ulrike hatte es verständnisvoll akzeptiert und ihr für den Rest der Woche freigegeben. So komme sie doch endlich mal von ihren Überstunden runter.

„Ja, hallo", sagte sie schlaftrunken.

„Hallo."

Chris.

„Was willst du?"

„Ich geh jetzt zur Brücke und hab mir überlegt, dass du ja in einer Stunde nachkommen kannst."

Da war etwas in seiner Stimme, das sie nicht einzuschätzen wusste. Sie blieb skeptisch und fragte:

„Und was wollen wir dann dort?"

„Reden", antwortete Chris.

Worüber? Hatte er ihr nicht schon alles gesagt, indem er sie aus seiner Wohnung geschmissen und es gestern nicht für nötig gehalten hatte, sich dafür zu entschuldigen?

„Okay, ich komme", schoss es aus ihr raus, obwohl sie nicht verstand, warum. Schnell legte sie auf, ohne sich zu verabschieden.

Du bist so bescheuert, Sandy, fluchte sie. Er musste nur anrufen, und sie tat alles, was er verlangte.

Chris

Er saß auf der Brüstung seiner Brücke, die Beine über dem Abgrund baumelnd. Hier oben fühlte er sich Raik so nah. Sie haben oft hier zusammen gesessen, sich unterhalten, geschwiegen. Es war, als säße Raik auch jetzt neben ihm, und sie schauten beide stumm in den wolkenverhangenen Himmel. Ab und an flog ein Vogel über sie hinweg, und von unten konnte man das dumpfe Dröhnen eines vorbei-fahrenden Autos vernehmen. Ach, mein Raik, dachte er und war glücklich, dass er behaupten konnte, sein Chris gewesen zu sein. Es wirkte so ungreifbar weit weg, dass es genau dieser Mensch gewesen war, der ihn so tief berührt hat, wie niemand zuvor oder danach. Es war ein unsagba-res Geschenk, von ihm geliebt zu werden.

Chris stand auf. Stellte sich mit seinen Fußspitze, an den Rand der Brüstung. In seinem MP3-Player lief „Das ver-kaufte Lachen" von Rosenstolz. Er schloss die Augen und breitete die Arme aus, um das Gleichgewicht nicht zu ver-lieren. Er spürte den Wind, wie er um seinen Körper weh-te, und den Regen, der ihn sanft von oben beträufelte. Aus dem nahe gelegenen Wald vernahm er den Duft von feuch-ter Rinde und von Pilzen. Die Kälte kroch ihm über die Haut und ließ ihn spüren, dass er lebendig war. Auf der Stelle stehend, bewegte er sanft seinen Körper. Es fühlt sich an, als hätte er Flügel, die er nur kräftig genug schla-gen musste, um damit davonfliegen zu können. Er dachte an Raik und wünschte sich, dass er seine Hand nahm und ihn leitete. Die kreisenden Bewegungen wurden immer größer. Ein seltsames Gefühl, das sich in ihm ausbreitete. Es war die Angst, nur diesen einen Schritt zu wagen, es war der Übermut, der sich ihn immer schneller bewegen ließ. Es war die Angst, die ihm die Macht gab, alles so deutlich wahrzunehmen. Seinen Körper, den Regen, den Wind, die Geräusche um ihn herum. Nur einen Schritt, dachte er, nur ein einziger Schritt, und alles wäre vorbei. In seinem Kopf war es ganz klar, er sah seinen Körper dem Boden entgegenfallen.

„Chris", schrie eine Stimme, die ganz weit weg zu sein schien. „Chris", die Stimme kam näher. Irgendwann war sie direkt hinter ihm. „Bitte nicht", flehte Sandy.

Es war vorbei.

Sandy

„Sag mal spinnst du jetzt total?", schrie sie ihn an und reichte ihm die Hand.

„Was geht nur in dir vor, Christian?"

Der Schreck steckte ihr in allen Gliedern, ihr Herz schlug so heftig, als hätte sie gerade einen Dauerlauf hinter sich gebracht.

„Warum nennst du mich Christian?", fragte er gleichgültig.

Ihr war das gar nicht aufgefallen.

„Ist doch egal", sagte sie wütend. „Was sollte das gerade?"

„Ich wollte sehen, wie stark meine Angst ist." Er wirkte so ungewohnt hilflos und klein. Wie sollte sie bloß begreifen, was in ihm vorging. Ob er sie deshalb zur Brücke bestellt hatte? Wollte er, dass sie sieht, wie er sich fallen lässt oder zumindest so tut, als würde er sich fallen lassen?

„Sollte ich deswegen hierher kommen?", wollte sie wissen, aber Chris gab ihr keine Antwort. „Rede mit mir! Wolltest du, dass ich dir dabei zusehe?" Sie war so voller Wut und Verzweiflung, ließ die Bilder der letzten Tage Revue passieren. „Wenn du wolltest, dass ich dabei bin", sie brüllte ihn an, mit aller Kraft, „dann mach es, steig auf die Brüstung und spring. Dann hört es wenigstens endlich auf."

Chris kam einen Schritt auf sie zu und wollte ihr die Hand auf die Schulter legen.

„Fass, mich nicht an", sagte sie angewidert. „Ich weiß nicht, ob du es nicht siehst vor lauter Selbstmitleid. Ich hab mich die letzten Tage so bemüht, es dir recht zu machen, dir zu zeigen, dass du nicht allein bist und dass mir alles schrecklich leid tut. Aber du ignorierst es, trittst mir zum Dank noch in den Arsch und meinst, es sei so völlig selbstverständlich, dass ich einfach da bin."

Chris wollte gehen, aber sie stellte sich vor ihn und packte ihn am Kragen.

„So schnell kommst du mir nicht davon. Du hörst mir jetzt verdammt noch mal zu."

Ihr Gesicht war rot vor lauter Wut.

„Hab ich nicht alles versucht? Getan, was du wolltest? Bin ich nicht angekrochen gekommen und hab mich von dir erniedrigen lassen?", sie schaute ihn an, sie wollte eine Antwort, und sie würde nicht eher nachgeben, bevor sie diese bekommen hatte. „Antworte mir", forderte sie ihn auf, „los, antworte mir!"

Chris löste sich aus ihrem Griff.

„Was willst du hören?", fragte er mit einer eisigen Kälte in der Stimme.

„Was ich hören will? Mann, verstehst du es nicht?", Sandy lachte aufgesetzt und packte nach seinem Arm, schnell zog er ihn weg. „Du bekommst es nicht mit, oder? Du bist wie versteinert, das einzige wofür du lebst, ist der tägliche Gang zum Friedhof. Aber dadurch kommt er nicht zurück." Sie schnappte nach Luft und begann, innerlich von zehn bis null zu zählen, um sich zu beruhigen. Zehn, neun, acht … „Du warst mal ein Vorbild für mich. Der starke, selbstbewusste Chris, der alles unter Kontrolle hat und dabei auch noch unheimlich cool war. Dass ich nicht lache." Sieben, sechs … „Ich hab gehofft, dass du mir irgendwann verzeihen kannst, wenn ich dir helfe. Aber du bist mit mir umgegangen, als wäre ich der letzte Dreck", langsam wurde sie ruhiger. Fünf, vier … „Ich hätte alles getan, um dich davon abzubringen, dein Leben einfach aufzugeben. Aber wie ich sehe, ist es ja schon vorbei." Drei, zwei … „Weißt du, wie ärmlich das ist? Du gibst dich dem Sumpf hin, bist kein Stück besser als dieser Penner vor Aldi. Und ich hab Ulrike gegenüber noch behauptet, dass es wieder gut werden kann", sie war ernst und ruhig. Eins, null. „Aber Ulrike meinte sofort, dass du es nicht schaffst, dass es vielleicht mal einen Tag gibt, an dem es dir scheinbar besser geht, doch am nächsten sieht es schon wieder ganz anders aus. Sie hat dich aufgegeben. Simon, Geli, Steffi, alle haben sie dich aufgegeben. Wann hat dein Chef das letzte Mal angerufen und gefragt, wann du wieder zur Arbeit kommst? Selbst er hat keine Hoffnung mehr. Tolles Gefühl, oder?", sie schaute ihn fragend an. Seine Augen waren müde und ausdruckslos. Er tat ihr leid, alles was sie sagte tat ihr leid, aber ihre Wut musste raus. Sie hob ihre Hand, um ihn über den Kopf zu streicheln. Er ging einen Schritt zurück.

„Ich hab dich nicht aufgegeben. Ich war immer fest davon überzeugt, dass der alte Chris wiederkommt. Aber ich weiß nicht mehr, was ich noch tun kann."

Chris senkte den Kopf und ging an ihr vorbei.

„Spiel doch drum", sagte er völlig tonlos.

„Worum?", rief sie ihm hinterher, er blieb stehen, drehte sich um und sagte: „Spiel mit mir um mein Leben. Pokern, Skat, Schach, von mir aus auch Monopoly. Egal."

Er lachte kurz zynisch auf und ging dann weiter.

„Schach", schrie sie.

Chris schaute sie an. Skeptisch. Warum, um Himmels Willen, ließ sie sich auf dieses bescheuerte und wahrscheinlich noch nicht einmal ernst gemeinte Angebot ein?

„Wenn ich gewinne", sagte sie, „dann fängst du an zu kämpfen. Und sollte ich verlieren, dann werde ich dich nicht halten."

Chris

Leer war es, so unendlich leer und egal. Er lag auf der Couch, den Kopf auf Kaspers Bauch, das Foto von Raik in der Hand. Morgen würde er es ihr zeigen. Morgen ist sie dran und wird für all das büßen.

Chris richtete sich auf, nahm sein Weinglas, das auf dem Tisch stand, und wollte etwas trinken. Doch stattdessen schmiss er es gegen die Wand, an der es klirrend zersprang. Allein mit Kasper, seinen Tränen und der Dunkelheit würde er die Nacht verbringen. Wie viele solch sinnloser Nächte noch?

6. Tag

Über die Freundschaft

Sandy

„Welche Farbe nimmst du?", fragte Chris und schaute auf die Figuren.

Sie griff sich die Schwarzen. „Weiß beginnt, schwarz gewinnt", versuchte sie zu spotten und hatte in Wirklichkeit riesige Angst. Ihre Hände zitterten, als sie die Figuren aufstellte, und sie wusste nicht, ob es an der Kälte und Nässe lag oder weil sie sich gerade auf ein Spiel einließ, von dem ein Leben abhing. Sie bereute, sich darauf eingelassen zu haben – auch wenn sie glaubte, dass ihre Chance zu gewinnen mindestens so groß war wie die von Chris. Es ging hier schließlich allein ums logisch-strategische Denken, sie musste sich nur anstrengen und gewissenhaft überlegen. Nur davon hing alles ab …

Chris machte den ersten Zug, ohne lange zu überlegen. Er setzte seinen e-Bauern zwei Felder nach vorn. Sandy tat es ihm gleich, so dass sich die Bauern vis-à-vis gegenüberstanden. Erwartungsvoll starrte sie auf Chris' Front. Sein zweiter Zug kam weniger spontan als der erste. Chris setzte einen weiteren Bauern von f2 auf f4, rechts neben den ersten.

Sandy war überrascht, denn nun musste sie diesen Bauern schlagen, wenn sie nicht wollte, dass er ihren schlägt. Ob er das mit Absicht gemacht hat, weil er gar nicht gewinnen will? Oder steht da eine Taktik dahinter? Welche Möglichkeiten hätte er denn, wenn sie diesen Bauern schlüge? Vielleicht war er auch bloß unachtsam gewesen. Sie musterte ihn. Die nassen Klamotten klebten an seinem schmalen Körper. Über sein Gesicht rann der Regen, die feuchten

Haare lagen flach auf dem Kopf. Er wirkte verträumt. Sandy versuchte, den Punkt zu fixieren, auf den er schaute. Aber es wollte ihr nicht gelingen, sein Blick war leer und müde und ließ keinen Platz für Deutungen. Sie war wütend auf ihn, auf sich, und sie fragte sich zum hundertsten Mal, was das Ganze überhaupt sollte. Es ist doch sein Leben, von ihr aus konnte er es ruhig wegschmeißen. Sie hatte keine Verantwortung für ihn. War er denn nicht alt genug, um zu wissen, was er tat. In der Annahme, dass er den Zug nicht durchdacht hatte, schlug sie seinen Bauern. Eine Genugtuung. Aber Chris verzog keine Miene. Sandy hielt seinen Bauern fest in der kalten Hand. Auf der Stellfläche der Figur klebte ein kleines Stückchen Filz, welches das gleiche Grün hatte wie ihre Pantoffeln, die in ihrem warmen Zuhause neben der Wohnungstür standen. Wie schön wäre es doch, jetzt in diese Schlappen zu steigen, sich in der Küche einen Milchkaffee zu machen und ihren Kater schnurren zu hören. Stattdessen saß sie hier im Regen auf der Brüstung dieser bescheuerten Brücke und spielte Schach.

Chris setzte seinen freistehenden Läufer auf die Höhe des e-Bauern. Sandy fühlte sich siegessicher, denn so hatte er seinen König ungeschützt stehen lassen. Sie spielte ihre Dame an den rechten Rand und seinen König damit ins Schach. Nun war sie sich gewiss, dass er dem Spiel nicht wirklich folgte, und es klang erleichtert, als sie sagte: „Schach.“

Chris

Auf dem Feld bildete sich langsam eine Pfütze, in der die hineinfallenden Regentropfen winzige Ringe zogen. Früher hatte Chris oft mit Raik hier oben Schach gespielt. Meist allerdings im Sonnenschein, mit einem Picknickkorb und in endlose Abende mündend. Und hier oben hatten sie

Sandy das Schachspielen beigebracht. Für Chris war die Brücke mit Tonnen von Lasten beladen. Einsturzgefährdet. Sie war sein Symbol für Lebensfreude, für Entspannung, für ewige geglaubte Liebe. Doch nun war sie so etwas wie sein Richter und Henker in einem. Sie schien alles zu spalten, was ihm wichtig war. Aber die Anziehung zu diesem Ort blieb. Er hatte sich eigentlich nie Gedanken darüber gemacht, warum er so gern hierher kam. War es das Risiko, das man mit dem Blick in dreißig Meter Tiefe verbindet? Oder die Geschichten, die diese Brücke und der alte Rangierbahnhof erzählten? Oder war es nur die Gewohnheit, die ihn mit ihr verband? Mit einem Zug nach rechts setzte er seinen König aus dem Schach, und Sandys eben aufgeblitztes Lächeln verschwand wieder. Sie kann doch nicht ernsthaft geglaubt haben, dass ich sie gewinnen lasse, dachte Chris.

Er musste aufpassen, jeden Zug durchdenken und durfte Sandy keine Chance geben. Erst wollte er sie in Sicherheit wiegen. Dann zuschlagen. Wenn er auch noch nicht wusste wie.

Sandy hatte ihn noch nie im Schach besiegt, aber sie war gut. Wahrscheinlich ebenso gut wie ihre Lehrer, und wenn sie sich stark genug konzentrierte, dann könnte sie diese Partie, die Partie seines Lebens, gewinnen.

Sie setzte ihren b-Bauern zwei Felder nach vorn.

Die unbeständige Konzentration und ihre Ungeduld wollte er nutzen. Er kannte ihre Schwäche: Wenn ihr etwas nicht sofort gelang, verlor sie sehr schnell das Interesse. Das Spiel musste also nur lange genug dauern …

Das Echo des Streits von gestern hallte noch immer in seinem Kopf. Voller Wut rekapitulierte er die Szene wieder und wieder. Und jetzt fiel ihm auch ein, wie er hätte kontern sollen. Schöne, sauber formulierte Sätze, die auf seiner Zunge tanzten und die er gestern gebraucht hätte, um ihr den Wind aus den Segeln zu nehmen. Aber es war zu spät – und er in seiner Eitelkeit gekränkt. Sandy, die ihm immer unterlegen, fast hörig gewesen war, die so sein wollte wie er … Was wäre sie denn ohne ihn. Ein Nichts, ein jämmerliches Nichts.

„Du bist ein Nichts…“, schrie er ihr hasserfüllt entgegen, sie schaute erschrocken auf, „… ohne mich. Deswegen willst du, dass ich mich nicht umbringe.“

Er musste dieses Gefühl loswerden, ihm Ausdruck verleihen, er musste sehen, dass sie schwach und klein war. Jetzt, wo sein Ende so nah war, wollte er, dass es ihr genauso ging wie ihm, als er erfuhr, dass Raik sich von dieser Brücke gestürzt hatte. Und er, Chris, war daran schuld, weil er ihm nicht hatte verzeihen können. Sie hatte ihn betrogen, und er sollte dafür büßen. Nicht mit ihm.

„Nicht mit mir“, brüllte er und warf die Figuren vom Brett über die Brüstung der Brücke. Zwei Atemzüge später schlugen sie mit einem dumpfen, kaum hörbaren Geräusch auf der Straße auf.

„Das Spiel hatte nie eine Bedeutung“, sagte er mit ruhiger, aber eisiger Stimme.

„Ich …“, Sandy blickte ihm in die Augen, „ … ich hab es geahnt, Chris.“

„Du hast es geahnt?“, er lachte hysterisch und setzte an, etwas zu sagen.

„Beruhig dich!“, forderte Sandy ihn auf.

Verdammt noch mal, warum wirkt sie so völlig unbeeindruckt. So aufgeklärt und souverän. Früher war das immer sein Part, sie auf den Boden der Tatsachen zurückzuholen, er war selbstbewusst und humorvoll gewesen, hatte das Leben geliebt, und nun war davon nichts mehr übrig. Erst betrog sie ihn mit seinem Freund, dann nahm sie ihm seinen Freund. Aber das schien ihr offenbar immer noch nicht zu reichen.

„Du bekommst den Hals wohl nie voll, was?", er tobte. „Wenn ich schon an Raiks Tod schuld bin, so sollst du zumindest an meinem die Schuld tragen."

„Seit wann geht es hier um Schuld", fragte Sandy, immer noch ruhig und als ginge sie das alles nichts an.

„Seit ich ihm nicht verziehen habe … seit du mein Leben kaputt gemacht hast … seit dem Scheißaugenblick, als wir uns kennengelernt haben."

„Bereust du es?", wollte sie wissen.

„Ob ich es bereue?", seine Stimme überschlug sich, „jede Sekunde, die ich an dich verschwendet habe, bereue ich. Du bist der größte Fehler meines Lebens."

Es tat ihm leid, dass er das sagte. Ja, er wollte ihr wehtun, sie quälen, aber er wollte nicht, dass sie ihn hasste. Doch zurücknehmen konnte er es nicht mehr.

Sandy

Sie stand auf und ging. Sie konnte seine Worte nicht mehr ertragen, keine Erklärung mehr finden für das, was er tat. Chris sagte kein Wort, hielt sie nicht auf, obwohl sie sich doch so wünschte, er würde ihr irgendwie zeigte, dass es ihm leid täte. In ihrem Kopf spielten sich tausende Szenarien gleichzeitig ab. Sie dachte an früher und an die Bedeutung dieses Platzes, sie dachte daran, dass er springen könnte, wenn sie ihn jetzt allein ließe. Sie hoffte, es wäre ihr egal. Sie stellte sich vor, wie es wäre, wenn ihr Chris nicht mehr da sein sollte. Ihr Chris und sie fragte sich, was Leben bedeutet, wenn es so plötzlich vorbei sein könnte.

Jetzt hätte sie einen Gott gebraucht, der ihr den Weg weißt. Aber es kam keine Antwort. Er hatte wohl Recht. Er soll weiter leben, damit auch sie leben kann. Ihr ganzes Leben war auf ihn abgerichtet. Sie passte sich seinen Gewohnheiten an. Wusste, was sie unterlassen musste, um ihn nicht zu verärgern oder aber, was sie dringlichste tun sollte, weil es ihn freuen würde. Ihr Leben war von seinem abhängig, wenn er sich umbringt, dann könnte sie es genauso gut auch tun. Es machte keinen Unterschied mehr.

Chris

Er rang mit sich und der Frage, ob er ihr hinterherlaufen sollte. Sein Stolz aber war stärker. Nun war er nicht mehr auf sie wütend, jetzt war er es selbst, den er verabscheute. Er hatte erreicht, was er erreichen wollte. Mit ihrem Fortgehen hatte sie die größte Schwäche gezeigt, die sie nur hätte zeigen können. Sie wäre früher nicht einfach so aufgestanden und hätte das Gesagte für sich im Raum stehen lassen.

Aber ihre gezeigte Verletztheit, ihre Angst und die Traurigkeit gab ihm nicht das Gefühl was er sich erhoffte. Da war keine Genugtuung. Nur diese Abscheu vor sich selbst. Er schämte sich für das, was er ihr antat. Was ist aus ihm geworden? Er war klein und unfair, er war feige und er tat sich selbst am meisten leid.

Sandy

Ihre vom Regen nassen Kleider klebten an ihrem Körper. Sie merkte die Kälte nicht mehr und sie ging Schritt für Schritt durch die Gassen ihrer Stadt. Manche Leute betrachteten sie Kopfschüttelnd, so als ob sie nicht verstehen konnten, dass sie sich vom Regen aufweichen ließ. Sie konnte nicht verstehen, warum alle anderen Schirme benutzten und sich das Gefühl von feuchtem Stoff an der Haut entgehen ließen. Manche der sie musternden Menschen trugen Regenmäntel und sahen damit nicht unwesentlich bescheuerter aus, als sie es tun musste. Aber es passte hier nicht her und sie musste damit rechnen angestarrt zu werden. War ihr das unangenehm? Sie stellte sich oft vor, dass ihr Leben nur ein Zusammenschnitt aus vielen verschieden Filmszenen ist. Sie setzte jede einzelne dann ein, wenn sie meinte, dass sie gerade angebracht sein könnte. Nun war sie eben Sarah Polley in „Mein Leben ohne mich", wie sie da im Regen stand und erzählt: *„Das bist du, mit geschlossenen Augen draußen im Regen. Du hättest nie gedacht, dass du so was mal machst. Eigentlich bist du gar nicht so ein Typ der... äh... wie soll ich sagen, du gehörst nicht zu den Leuten, die Stundenlang den Mond anstarren oder aufs Meer schauen, sich Sonnenuntergänge ansehen. Ich glaub du weißt von was für Leuten ich rede. Vielleicht auch nicht. Naja egal, auf jeden Fall fühlst du dich dabei irgendwie toll. Du kämpfst gegen die Kälte an und spürst wie das Wasser durch dein T-Shirt sickert bis auf die Haut..."* Das ist sie, das ist Sandy Wägler. Man starrt sie an, weil sie ihr Leben spielt. Vielleicht wissen die Leute, dass sie zwar nicht in ihrer, aber in ihrer Welt ein Star ist. Sie scheuen sich nur, sie darauf anzusprechen und dafür zu loben, wie gut sie doch ihre Rolle in diesem Drama spielte.

Deswegen geht sie ungestört von den Blicken weiter und denkt an Chris.

Chris

Er legte wie gewohnt eine Rose zu den anderen auf den Boden, darauf bedacht, nicht auf den Stein zu schauen. Er zählte die Blumen. Es waren dreizehn Stück, die da scheinbar achtlos hingeworfen wurden. Die fehlenden sieben, wurden zusammen mit den Grabgestecken und Kränzen von der Beerdigung entsorgt. Es war der vierundzwanzigste Tag nach seinem Tod.

Er hockte sich auf den Boden und strich sanft über die Erde. Chris stellte sich vor, dass es Raik sei, den er da streichelte und er hoffte, dass er es fühlen könne. Wenn schon er selbst ihn nicht fühlen kann, dann muss Raik es zumindest spüren, damit es ein Sinn macht.

Über seinen Kopf hinweg flog ein Schwarm Krähen, der ihn kurz aufschauen ließ. Es regnete zwar noch, aber der Himmel schien sich weiter hinten in Richtung Westen zu lichten. Chris bemerkte nicht, wie eine alte Frau mit Regencape an ihm vorbei ging und dann stehen blieb. Sie schaute auf ihn herab und fragte:

„Ist alles in Ordnung mit ihnen?"

Erschrocken sah er zu der alten Frau auf.

„Ja", antwortete er freundlich, „danke."

„Ein schreckliches Wetter", wollte sie das Gespräch vertiefen, „aber ich dacht, dass ich heute wohl nicht herum komme auf den Friedhof zu gehen."

„Ja, das Wetter ist schrecklich."

„Mein Alexander liegt auch hier", sagte sie.

Chris überlegte kurz, ob er sich mit ihr auf ein Gespräch einlassen wollte und kam dann zu dem Entschluss, dass es vielleicht wesentlich sinnvoller wäre, als hier zu hocken und den Boden anzustarren.

„Ihr Mann?", fragte er mit ernsthaftem Interesse.

„Nein", ihr Blick verlor etwas von seiner Fröhlichkeit, „nein, mein Sohn." Sie machte eine kurze Pause und fügte dann hinzu, „er müsste in etwa so alt sein wie sie."

Plötzlich war in ihm so etwas wie Betroffenheit, das erste Mal seit dem Raik gestorben war, empfand er so was wie Mitgefühl für einen anderen Menschen. Aber die alte Frau ließ ihm nicht viel Zeit um darüber nachzudenken.

„Und wen besuchen Sie?", wollte sie wissen.

Er überlegte kurz, wie er ihr sagen könne wer Raik für ihn war, ohne das Verhältnis zu ihm zu verfälschen und dabei aber auch nicht die Frau zu verschrecken.

„Meinen Freund", sagte er dann unverblümt und wie er hoffte mit einem solchen Ton in der Stimme, dass es daran nichts falsch zu verstehen gäbe. Es sollte jeder wissen, dass er einen Mann liebte, dass er diesen Mann liebte. Chris versuchte eine Veränderung in ihrer Mimik festzustellen. Aber es tat sich nichts. Da war keine Abscheu, kein Entsetzen oder zumindest ein Verwunderung zu entdecken. Sie lächelte nur freundlich und musterte ihn.

„Sie haben ihn sehr geliebt", stellte sie fest und schien dabei keine Antwort zu erwarten.

„Ich wohne gleich da drüben", sie deutete auf einen Häuserblock in der Nähe des Friedhofs, „und seit einiger Zeit sehe ich sie jeden Tag hier kommen, meistens mit einem Hund."

Chris schaute sie fragend an und als ob sie seine Gedanken lesen konnte, fuhr sie erklärend fort: „Ich geh' bei diesem Wetter nicht gern raus und sitze dann oft am Fenster und schaue auf die Straße", sie schob eine graue Haarsträhne unter ihr Regencape, „ich beobachte die Menschen, die unter meinem Fenster vorbei gehen."

Chris fragender Blick heftete immer noch an ihr und ihrer ruhigen, warmen Stimme. Dass schien die Frau etwas zu verwirren.

„In meinem Alter hat man nicht mehr viel zu tun und wenn man dann noch allein ist…", entschuldigte sie sich.

Chris war erstaunt, dass diese Frau einsam sein musste und dabei nicht ein bisschen verbittert wirkte. Er schämte sich schon wieder an diesem Tag und wohl deswegen stand er auf und reichte ihr die Hand.

„Chris, also Christian Nil ist mein Name."

Sie nahm seine Hand in ihre beiden Hände.

„Freut mich sie kennen zu lernen Christian" sagte sie lächelnd, „ich bin Rosemarie Hödel."

Sie ließ seine Hand wieder los.

„Begleiten sie mich ein Stück?"

Und ohne zu antworten ging Chris mit ihr zusammen zum Grab ihres Sohnes. Es war ein eigenartiges Gefühl. Bisher hatte er die anderen Ruhestätten nur im Vorbeigehen wahrgenommen, jetzt achtete er auf die Grabsteine, auf die Pflanzen und auf die unzähligen Blumensträuße, die von den Hinterbliebenen liebevoll in Szene gesetzt wurden. Er empfand diesen Ort nicht als unheilvoll oder beängstigend. Er nahm die Ruhe wahr, die hier herrschte. Er staunte über die symmetrische Anordnung der Gräber und Gehwege und die sich dadurch klar abzeichnenden Linien. Es war alles einfach und schlicht, aber den Verstorbenen würdigend und mit ausreichend Platz für die Trauer und die Kreativität, die sich durch die Grabgestaltung zeigte.

„Wir sind da", sagte sie als sie vor einem von Buchsbaum umrahmten Grab stehen blieb. Ein großer schwer Stein trug die Inschrift „Unvergessen Heinz und Alexander Hödel". Sie schaute einen Moment schweigend auf das Beet, wickelte dann ein Gesteck aus Kiefernzweigen aus dem Zeitungspapier und legte es auf den Boden.

„Er kam bei einem Autounfall ums Leben", begann sie zu erzählen, „er war in etwa so alt wie sie, aber ich glaubte das sagte ich bereits."

Chris nickte kurz und sie fuhr fort.

„Das ist jetzt schon über zehn Jahre her, damals lebte mein Mann noch. Er hat sehr darunter gelitten. Plötzlich wurde er krank. Er hatte einen Schlaganfall, von dem er sich nie mehr richtig erholte."

Frau Hödel kramte aus ihrer Tasche ein Taschentuch, nahm ihre Brille ab und tupfte ihre Augen.

„Ja, junger Mann, selbst nach so langer Zeit hört es nicht ganz auf weh zu tun." Es klang etwas sarkastisch, wie sie das sagte und Chris überkam das Gefühl, dass sie ihn nicht ernst zu nehmen schien. Machte sie sich lustig über seine Trauer?

„Was wollen sie mir damit sagen?", fragte er.

„Das man mit der Zeit lernt damit umzugehen, aber das nie das Gefühl aufhört, dass ein Stück von einem selbst fehlt."

„Ich habe das Gefühl, dass alles von mir fehlt, da ist kein einziges Stück mehr übrig und ich weiß nicht, wie ich ohne ihn leben soll."

Schon wieder hatte er diesen fragenden Blick, er wollte, dass sie ihm verriet, wie sie es geschafft hat, wie es bei ihr weiter ging. Sie sollte ihm sagen, wie man das aushalten kann.

„Sieh dich an", ermutigte sie ihn, „du lebst, du stehst vor mir und kannst erzählen, wie sich das anfühlt. Ist das nicht ein Stück von dir selbst? Ich bin zwar ein paar Jährchen älter als du", jetzt musste sie lachen, „aber ich glaube, dass ich dir mit ruhigen Gewissen sagen kann, dass es weiter geht, auch wenn es sich erst so anfühlt, als wäre man unvollkommen. Aber man sollte das Leben nicht aufgeben. Man hat nur eins davon."

Das war ja klar, dachte Chris, eine alte schrumpeligen Frau, möchte ihm was vom Leben erzählen. Sie hatte doch so viele Jahre mit ihrem Mann und ihrem Sohn, er aber durfte nur fünf winzige, wahnsinnig schnell vergangene Jahre mit Raik leben und erleben.

Frau Hödel schien zu bemerken, dass es in ihm brodelte. Sie wollte das Thema nicht weiter vertiefen.

„Wer ist eigentlich diese junge Frau, die seit letzten Sonntag auch ein paar mal zum Grab ihres Freundes kam?", fragte sie. Chris musste nicht lange überlegen. Es war Sandy. Seine Sandy, die er beschimpft und erniedrigt hatte.

„Das ist eine Freundin", sagte er.

Sie ist eine Freundin, dachte er. Seine beste Freundin. In ihm kam das Bedürfnis auf, sich bei ihr zu entschuldigen. Er konnte das nicht so stehen lassen.

„Entschuldigen sie, ich muss noch was erledigen", verabschiedete er sich und ging. Die alte Frau wünschte ihm alles Gute und wendete sich wieder dem Grab zu.

Sandy

Sie saß auf einer Parkbank und starrte den Himmel an. Der Regen lief über ihr Gesicht, zum Hals bis hinunter ins Dekolleté. Jetzt war es eh egal. Sie spürte an sich keine einzige trockene Stelle mehr und ihr Körper hat sich an den nassen Stoff und die Kälte gewöhnt. Es war Herbst und man merkte, dass der Winter mit großen Schritten kam. Zwar standen die Bäume noch im bunten Laub, aber die Felder waren schon abgeerntet, die Straßen voller Pfützen und die Tagen wurden kürzer. Jeden Morgen machte ihr das dieser, für diese Jahreszeit typisch schale, Geruch in der Luft deutlich. Eigentlich mochte sie den Herbst und sein schmutziges Wetter, aber gerade sehnte sie sich nach Sonne. Die könnte das Ruder noch mal rum reißen, dachte sie und ihr war klar, dass sie schon wieder mir ihren Gedanken Chris nachhing.

Im letzten Herbst ließ sie noch Drachen steigen, zusammen mit Chris und Raik und seinem Neffen, der für eine Woche zu besuch war. Damals bemerkte sie erst, wie ernst die Sache zwischen den Beiden war. Sie hatte nie daran gezweifelt, dass sie sich liebten, aber es schien so, als würde ihre Art des Umgangs nicht in diese Zeit passen. Sie hat oft gedacht, dass das unmöglich echt sein könnte. Aber als der Neffe von Raik da war, erkannte sie, dass Raik und Chris eine Einheit bildeten, wie sie sie nur aus Fernsehfamilien kannte. Damals sagte sie zu Chris, dass sie es bisher als Floskel betrachtete, wenn man behauptet, dass man sich nach Jahren, immer noch jeden Tag mehr liebt. Aber die Beiden hätten sie vom Gegenteil überzeugt.

Ein Jahr später war der Himmel so getrübt, dass sich der Drachen in den tief hängenden Wolken verfangen hätte. Die Fernsehfamilie wurde abgesetzt und der Beweis erbracht, das Floskeln eben doch nicht mehr sind, als leere Worte. Und sie hatte einen nicht ganz unwesentlichen Anteil daran. Hätte sie nur nicht die Einladung ins Theater angenommen. Hätte sie schon beim dritten Cocktail nein gesagt. Hätte der Schmetterling vom letzten Sommer, nur nicht den winzigen Windstoß mit seinem Flügelschlag ausgelöst, dann wäre jetzt vielleicht noch alles so, wie es sein sollte und sie würde nicht hier im Regen sitzen, weil es dann nicht regnen würde. Ihr war klar, dass diese Gedanken keinen Sinn machten, aber sie brauchte eine Rechtfertigung dafür, was Chris mit ihr machte. Sie wollte und konnte ihn nicht so einfach aufgeben. Noch einmal würde sie versuchen mit ihm zu sprechen, ihn von diesem Leben zu überzeugen und sollte sie es nicht schaffen, dann würde sie ihn zu Raik lassen und hoffen, dass er glücklich wird.

Chris

Nun suchte er schon seit zwei Stunden nach Sandy, aber weit und breit, war von ihr keinen Spur. Er war an allen Orten, die Sandy regelmäßig aufsuchte, er war bei ihr zu Hausen und im Büro, alles vergebens. Nun wurde er müde und beschloss nach Hause zu gehen. Er wollte sie später anrufen und bitten zu kommen.

Als er bei sich zu Hause ankam, sah er sie vor der Haustür stehen. Er lächelt sie freundlich an, sie tat es ihm gleich. Sie war entzückend, wie sie da stand. Ihre Lippen hatten einen leichten Blaustich und sie wirkte angespannt, durch die Anstrengung, das Zittern zu unterbinden. Ihre schwarzen Haare lagen am Kopf an und umrahmten ihr blasses Gesicht.

„Du bist so hübsch", sagte Chris zu ihr und sie schaute verschämt auf den Boden.

„Danke", antwortete sie, „du bist auch nicht schlecht - der Wetlook scheint uns zu stehen."

Er war froh, dass sie ihm nicht mehr böse zu sein schien und auch einen Witz reißen konnte. Das lockerte die Situation ungemein auf.

„Wollen wir hoch gehen?", fragte er sie, aber Sandy schüttelte nur mit dem Kopf und nahm ihn bei der Hand.

„Ich find den Regen sehr angenehm", sagte sie und ohne etwas zu entgegnen, ließ er sich von ihr ziehen.

„Es tut mir leid“, durchbrach er irgendwann das Schweigen.

„Mir auch“, antwortete Sandy.

„Wo wollen wir hin?“

„Ich weiß nicht, eigentlich wollte ich mit dir reden, aber
mir fehlen gerade die Worte.“

„Worüber denn?“, fragte Chris.

„Naja“, begann sie vorsichtig, um ihn nicht zu verärgern,
„über deinen Plan. Ich will nicht, dass du gehst, Chris.“

In ihrer Stimme lag ein Flehen. Chris bemerkte es und es
versetzte ihm einen Stich ins Herz, er hatte erreicht was er
wollte, er hatte sie verletzt und sie erniedrigt. Nun wollte
er ihr nicht mehr wehtun, aber er wollte auch nicht von
seinem Plan zurück weichen. Ein Leben ohne Raik, kam
für ihn nicht in Frage. Er hatte es versucht und ist geschei-
tert.

„Ich brauch dich, Chris“, fuhr sie fort, „ich kann mir nicht
vorstellen, wie mein Leben aussehen soll, wenn du nicht
mehr da bist.“

„Ich kann mir nicht vorstellen, wie mein Leben aussehen
soll, ohne Raik“, sagte Chris.

„Aber doch nur im Moment. Weißt du noch, als mein Vater damals gestorben ist, was hattest du da immer zu mir
gesagt?“

Sie bogen von der Straße auf einen Pfad ein, der in ein
Naturschutzgebiet führte.

„Du hast gesagt, dass ich traurig sein darf, weil es dazu
gehört. Und du hast gesagt, dass ich neben dieser Traurigkeit nicht vergessen darf, dass ich lebe. Egal wie traurig du
bist, aber du hattest recht. Ich hab damals so oft gedacht,

dass das nicht stimmt, dass es nie aufhört weh zu tun. Aber irgendwann hörte es auf, ohne dass ich ihn deswegen weniger geliebt habe. Du musst an dein Leben denken, weil er bestimmt nicht gewollt hätte, dass du dein Leben seinetwegen aufgibst. Das hast du damals zu mir gesagt und ich hab deinen Worten Glauben geschenkt, weil ich dachte, dass du dahinter stehst."

„Ich hab dahinter gestanden, aber das hier, das ist eine andere …", sie unterbrach ihn.

„Sicher ist das eine andere Situation, aber prinzipiell sind sie vergleichbar oder glaubst du, dass ich meinen Vater weniger geliebt habe, als du Raik?"

„Du hast ihn anders geliebt."

Es war ein befremdliches Gefühl vorgehalten zu bekommen, was er einst sagte und keine klaren Argumente zu haben, die es ihm ermöglichten, dem zu widersprechen, ohne sich dabei unglaubwürdig zu machen. Damals als ihr Vater starb, schien in der Tat für sie die Welt stehen zu bleiben. Sandy konnte nicht verstehen, warum alle weiterlebten und nicht der plötzliche Stillstand eintrat. So ging es auch Chris. Es überforderte ihn nachzuvollziehen, warum alle weiter machen können, wobei sich seine Welt nicht mehr drehte. Damals hatte er eine Unmenge schlauer Sprüche in petto und er redete so lange auf sie ein, bis sie anfing weiter zu leben. Er versuchte ihr zu zeigen, wie schön das Leben sein kann und das sie Spaß haben durfte, weil niemand von ihr erwartete, dass sie ihr restliches Leben mit trauern zubringen müsste. Ihr Vater war allgegenwärtig, er war in ihren Gedanken, in ihren Worten, in allem was Sandy umgab konnte man ihn finden, vor allem aber in ihren Tränen und den Unmengen Taschentüchern, die davon zeugten, dass man ihr ein Stück ihrer selbst genommen haben musste. Aber irgendwann war sie wieder die Alte, die anfänglich immer noch betonen musste, dass ihr, ihr Vater sehr fehlte, aber der Schmerz verschwunden war. Vielleicht war er sogar daran beteiligt, durch das was er ihr sagte, aber er konnte nicht glauben, dass auch nur einer dieser Sätze, auf ihn zutreffen könnte.

„Sandy", sagte er und klang dabei ernst und so klar wie schon seit Tagen nicht mehr, „du kennst mich, du weißt, dass ich früher anders war, ich kann mich sogar daran erinnern, dass das der Grund dafür war, dass du dich unbedingt mit mir anfreunden wolltest. Aber ich war nur so, weil es Raik gab. Er hat mir das Gefühl gegeben, dass ich außergewöhnlich bin und das ich was erreichen kann. Ohne ihn, wäre ich nie so geworden. Mein Leben war vor ihm ein Scherbenhaufen und nun ist es wieder einer. Ich war nie sonderlich Lebenspraktisch und hätte Raik nicht regelmäßig meine Unterlagen sortiert und mir nicht den Arsch getreten, damit ich unausweichlich Dinge erledige, dann wäre ich im Chaos versunken. Nie habe ich einen Menschen so nah an mich gelassen, wie ich es Raik erlaubte. Er war das, was mich vervollständigt hat und nun, fehlt da dieses riesige Stück, das ich nicht mehr gefüllt bekomme …"

Er blieb stehen und schaute Sandy fest in die Augen, in der Hoffnung, dass sie seine Verzweiflung sehen könne.

„Kannst du das nicht verstehen?", fragte er leise und Sandy nickte.

„Doch..."

Sandy

Sie wartete, wusste aber nicht auf was. Sie hatte das Gefühl versagt zu haben und sie kam von dem Gedanken nicht los, dass es morgen ihren Chris nicht mehr geben könnte. Sie verstand seine Beweggründe, zumindest versuchte sie das, aber das half nicht darüber hinweg, dass sich eine diffus Angst in ihr breit machte. Es war so schwer zu verstehen, was hier gerade passierte und noch schwer war es, damit umgehen zu können. Sie versuchte sich ständig in Chris hineinzuversetzen, damit sie das Gefühl nachempfinden konnte, dass jetzt in ihm vorgehen musste. Aber wie fühlt sich jemand, der für den nächsten Tag, seinen Freitod geplant hat? Würde er eine Flasche Wein aufmachen, sich was Gutes zu Essen kochen und damit seinen Abschied vom Leben feiern? Das passte nicht zu Chris. Sie versuchte ihm zu wünschen, dass er gerade auf seinem Bett liegt, Musik hört und sich vorstellt, dass Raik bei ihm wäre.

„Raik", flüsterte sie. Hätte sie niemals mit ihm geschlafen, dann wäre es gar nicht erst soweit gekommen und Chris würde neben ihm, in seinen Armen einschlafen. So wie es für sie immer selbstverständlich war, auch wenn es früher, manchmal schmerzte. Und es war in der Tat schwierig, sich Chris ohne Raik vorzustellen. Sie gehörten zusammen, wurden immer in einem Satz erwähnt und ein Bild mit Raik, wäre ohne Chris nicht vollständig. Ihr fiel ein, dass sie an den Beiden immer bewunderte, dass sie von „wir" und „unser" sprachen. Sie teilten sich alles, nichts gehörte nur dem einen, sondern auch dem anderen. Sie vertrauten sich blind, Chris hätte sich fallen gelassen, wenn Raik gesagt hätte, er würde ihn auffangen und umgedreht war es genauso. Sie stellten keine Bedingungen aneinander, weil sie sich so, wie sie waren, ausreichten. Menschen, die die beiden nur kurze Zeit kannten, empfanden ihre Beziehung als Schmierenkomödie, weil alles so harmonisch und abgestimmt aussah, es keine Kanten gab. So ging es ihr am Anfang auch, aber über die Jahre bekam sie nicht einen Streit der beiden mit. Sie brauchte lange, um zu verstehen was das war und sie war sich selbst heute noch nicht sicher, ob sie es verstanden hat. Aber sie fand

es immer schön, und wünschte sich das, was immer es war,
auch für sich. Und plötzlich wird es zum Fluch, dachte sie,
ihr Wunsch, das auch zu haben und das Begreifen, dass sie
zerstört hat, was ihr nie gehörte, an dem man sie aber Anteil haben ließ. Sie wusste, warum Chris so handelte. Er
hatte jedes Recht dazu, sie zu hassen.

„Warum kann dieser Kopf nicht aufhören zu denken",
schrie sie, weinte und schlug mit der Faust auf ihre Stirn.
Dieses Warten, darauf was passieren wird, machte sie
hilflos. Gab ihr aber auch zu hoffen. Noch ist Chris nicht
tot, dachte Sandy, und vielleicht überlegt er es sich noch
anders. Sie würde sich wünsche, dass er sie am nächsten
Abend auslacht und sagt: „Jetzt sind wir quitt."

Tag 7

Über den Tod

Chris

Er war schon seit Stunden wach, starrte die Decke an und kraulte Kasper sanft hinterm Ohr. Der Kopf des schlafenden Hundes lag wärmend auf seinem Bauch. Chris' Augen waren vom Weinen rot.

„Weißt du, Kasper, es ist nicht so leicht, sich vom Leben zu verabschieden", flüsterte Chris, und als erwartete er eine Antwort, hielt er inne. Der Hund aber grummelte nur vor sich hin und ließ sich die Streicheleinheiten gefallen.

„Ich weiß noch nicht, was dann aus dir wird, Kleiner. Aber ich hoffe, dass es dir gut gehen wird." Wieder machte Chris eine Pause, hob seinen Kopf und schaute auf den schlafenden Kasper.

„Ich hab mir das alles anders vorgestellt. Eigentlich hab ich gehofft, dass Raik, du und ich alt werden. Weißt du, das war so nie geplant, und dann plötzlich spaziert Sandy in unser Leben, macht alles kaputt, wofür wir gekämpft haben. Das war doch meine heile Welt, meine Familie. Sandy hat es nicht anders verdient, Kasper, sie soll auch wissen, wie sich das anfühlt."

Sandy

Auch in dieser Nacht konnte Sandy nicht schlafen. Ihr Gewissen quälte sie, und sie suchte angestrengt nach einer Lösung. Immer wieder fragte sie sich, wie ernst Chris Bekundung denn sein konnte, in der Hoffnung, dass sie der Verantwortung entrinnen und keine Entscheidung fällen musste. Sie könnte ihr Wort brechen und die Polizei informieren, was letztlich darauf hinauslaufen würde, dass man Chris in die Psychiatrie einwiese. Sollte er es ernst meinen, dann hätte sie ihn damit gezwungen, auf dieser Welt zu verweilen und das Leben weiter zu ertragen. Wenn er aber nur mit seinem Selbstmord drohte, um sich wiedererwartend doch noch an ihr zu rächen, dann würde sie nicht mehr Herr werden können, über sein Wut, weil er wegen ihr eingesperrt werden würde. Sie fühlte sich schuldig an Chris' Leid, wie konnte sie da das Risiko eingehen und noch eine Schuld auf sich laden in dem sie Chris der Polizei und damit der Psychiatrie auslieferte.

Würde sie aber ihr Wort halten, und er würde springen, dann müsste sie mit dem Wissen leben, dass Chris ihretwegen tot ist.

Wie ein Tiger irrte sie durch die Räume ihrer Wohnung und rauchte eine Zigarette nach der anderen. Noch 16 Stunden hat der Tag, dachte sie. Heute dreht sich die Erde einmal um ihre eigene Achse. Die Welt schafft etwas so Großes, wenn ich es noch nicht einmal schaffe, eine richtige Entscheidung zu treffen.

Chris

An alle, die es brauchen - aber vor allem für die eine.

Vor kurzem dachtest du noch, dass alles gut werden könnte. Oder vielleicht dachtest du es nicht und hast gewusst, dass es ein Spiel ist, dass es keinen Sinn macht, mich von diesem Leben zu überzeugen. Gestern dachtest du noch, dass wir uns retten können, weil wir doch mal Freunde waren und die Sonne damals scheinbar nur für uns schien. Ich denke oft daran, wie es war, und dann mischt sich dieses Gefühl ein, das mir sagt, du hast ihn mir genommen. Du hast mit ihm geschlafen. Er mit dir. Und ich? Ich war nicht fähig, ihm das zu verzeihen. Wer hat denn jetzt Schuld?

Ach, mein kleines Mädchen, ich hielt dieses Gefühl nicht aus, kam nicht gegen die unsagbare Wut an und musste dir wehtun. Deshalb solltest du es wissen, damit dir der Schmerz nahe ist, den ich meine.

Die Standuhr tickt lauter und lauter, tick tack, tick tack und lauter und lauter. Sie brüllt mich an und lässt an meiner Entscheidung Zweifel aufkommen. Weißt du noch, wie wir sie damals in deinem Trödelladen gekauft haben und mit einem Einkaufswagen durch die ganze Stadt in meine Wohnung beförderten? Es war so schön peinlich. Tick und tack. Und das verfluchte Ding erhebt sich plötzlich über mich und meint das Recht zu haben, mir das Zweifeln beizubringen.

Ich habe Angst, weil ich nicht weiß, wie es sein wird und was dann kommt und ob die Welt nach mir tatsächlich so sein wird, wie ich sie mir vorstelle. Mir graut vor dem Sprung von der Brüstung und vor den Schmerzen und davor zu überleben. Ich hab gehört, dass man schon während des Fallens ohnmächtig wird. Dabei ist es an guten Tag so beruhigend, sich vorzustellen, wie dieser, mein Platz, mich aus dem Leben trägt. Wenn die Angst nicht da ist, dann machen diesen Gedanken spaß. Es wird im Bauch kribbeln, wenn man der Erde zu fliegt, und der Flug und dieses Kribbeln werden Ewigkeiten andauern. Adrenalin soll dem Menschen das Zeitgefühl nehmen, und in Verbindung mit Endorphinen werde ich dabei auch noch glücklich sein.

Aber gerade wird aus dem fallenden Engel in meinem Kopf der feige Mensch, der sich nicht traut. Nach dem Aufprall ist womöglich alles schwarz und vorbei ...

Nein, daran will ich nicht denken. Ich will, dass er da ist. Dass er mich in den Arm nimmt, sich freut und mir diese

Welt zeigt, die nach dem Leben kommt. So wie in dem Film „Hinter dem Horizont". Ich möchte ihm über seinen Bauch streicheln, seine Nähe spüren, ihn lieben und mit ihm alltäglich sein. Mir fehlt sein verschmitztes Grinsen, bei dem niemand anderem aufgefallen ist, dass sich in seinen Wangen die schönsten Grübchen der Welt abzeichneten. Ich vermisse sein widerspenstiges schwarzes Haar, mit dem er jeden Morgen kämpfte und das ich sofort wieder durcheinander brachte, wenn er es gebändigt hatte. Ich will ihn riechen - diesen Geruch aus einer Mischung von Impuls und Weichspüler, wieder hören, wie er das Lied „Roads" von Porthishead singt und in mir das Gefühl auslöst, jeder Ton von ihm schmecke, nach Erdbeeren und Vanillepudding.

Du hast ihn nie so gekannt wie ich. Ich hoffe, dass niemand ihn so gekannt hat. Er war verantwortungsvoll und der vernünftige Part in unserer Beziehung. Er war mein bester Freund, mein Mann, mein Geliebter, meine Affäre. Er hat uns geleitet, damit wir das Leben zusammen meistern, er war da - immer und überall. Wir waren nie länger als einen Arbeitstag voneinander getrennt. Und nun ist es fast ein Monat, dass er mich sich vermissen lässt.

Ich hätte ihm verziehen, irgendwann, ganz gewiss. Aber ich brauchte doch Zeit, und er wollte mir nicht sagen, wer es war. Ob er mich schützen wollte? Ob er wusste, dass ich mich an dir rächen würde? Er hat es nicht ertragen, dass ich ihn ignoriert habe. Dabei hab ich das nicht mal durchgehalten, denn sobald sich die Möglichkeit bot, habe ich versucht, ihm zu begegnen. Ich wollte sehen, dass es ihm leid tut und er mich vermisst, genauso wie ich ihn vermisst habe. Und wenn ich ihn dann so sah, stieg ganz viel Wärme und Liebe in mir auf, die ich ihm zeigen wollte, aber unmöglich konnte. Ich wünschte mir nichts mehr, als ihm diesen Fehler zu verzeihen. Warum kam aus meinem Mund nicht das, was ich fühlte?

Seit er tot ist, fühlte sich alles so sinnlos an. Irgendjemand muss irgendwann entschieden haben, dass hier auch mein Leben aufhört, dass das Tick und Tack der Standuhr nicht eine der Wunden heilt, die sich so plötzlich und unangekündigt aufgetan haben. Mit jedem Schlag der Uhr wird mir nur immer klarer, dass wieder unnötigen Zeit vergangen ist, die ich nicht mit ihm verbracht habe. Zeit, in der ich ihn nicht fragen konnte, ob ich die Schuld an seinem Tod trage. Tage die vergehen, ohne dass er mir gesagt hat, dass er mich liebt. Stunden, die ich vergebens darauf warte, dass er zur Tür hereinkommt, seine Schuhe fein säuberlich nebeneinander stellt, seine Tasche auf die Kommode legt und den Schlüssel an seinen Platz hängt. Minuten, in denen er nicht das Zimmer stürmt und sagt: „Wollen wir was kochen, und uns danach 'ne DVD reinziehen?" Sekunden, die ungenutzt verstreichen, weil sich unsere Körper nicht aneinander reiben.

Du hast viel ertragen in den letzten sechs Tagen. Du hast Dinge hingenommen, bei denen ich nicht das Recht hatte, sie dir anzutun. Ich weiß nicht, ob ich es bereue, denn ich spüre zwar keine Genugtuung, aber das Gefühl, dass ich dir jetzt verziehen habe. Nie warst du so da, wie du es diese Woche warst. Nie eine bessere Freundin. Kleine Sandy, es war mit Sicherheit nicht fair, eine Party zu veranstalten, alle dazu einzuladen und sie im Glauben zu lassen, dass ich darüber hinweg sei. Nur du wusstest, was diese Party wirklich war - du hast nichts gesagt. Es war nicht richtig, dir den Vorschlag zu unterbreiten, um mein Leben zu spielen. Du hast dich darauf eingelassen und Schach vorgeschlagen, trotzdem du wusstest, dass du bisher immer gegen mich verloren hast. Ob nun aus Verzweiflung oder der Hoffnung, dass es dein „Jemand" dort oben gut mit dir meinen könnte und du doch den Sieg davonträgst. Du sollst wissen, dass meine Entscheidung nie von diesem Spiel abhängig gewesen wäre.

Du hast dein Versprechen gehalten und niemandem von meinen Plänen erzählt. Fast so, als hättest du verstanden, dass ich zu Raik muss, dass es ohne ihn nicht geht. Du lässt mich ziehen. Danke!

Gib bitte auf Kasper acht. Er bekommt zweimal am Tag etwas zu fressen. Am Morgen Trockenfutter und abends etwas Frisches. Er braucht immer genügend Wasser in seinem Napf und er will gestreichelt und lieb gehabt werden. Geh mit ihm in den Wald hinter der Brücke. Dort kennt er sich aus und darf ohne Leine laufen. Im Dezember braucht er seine nächste Tollwutspritze. Das Geld dafür liegt in seinem Impfausweis.

Lass lieber keine Schokolade rumliegen, denn die frisst er sofort auf und er hat Probleme mit seinen Zähnen.

Zeig ihm, was für ein toller Freund er ist. Er wird es dir danken!

Sandy

Sandy saß vor dem Klavier und tippte wild auf die Tastatur, hielt inne und schrieb die eben gespielten Noten ins Notenheft. Es war ein trauriger Song, aber wunderschön. Über ihr Gesicht rannen Tränen, und sie summte immer wieder ein Stück einer Melodie, die sie dann auf dem Klavier umsetzte. Ab und an schluchzte sie leise auf, schrieb ein paar Noten in das Heft, strich andere wieder weg und begann das Lied von vorn zu spielen.

„Sir Huw Weldon, was würden Sie denn tun? Soll ich einfach dabei zusehen, wie die Dinge ihren Lauf nehmen?"

Sandy hatte ein seltsames Gefühl im Bauch, wie ein Klumpen, der viel zu schwer für sie war, den sie aber dennoch tragen musste. Wheldon antwortete ihr nicht, und so übernahm sie das für ihn.

„Mein Kind, das ist deine Entscheidung, die dir keiner abnehmen kann", sagte sie mit brummender Stimme, die ihrer Meinung nach gut zu dem Mann auf dem Bild passen könnte. „Du wirst wissen, was für euch richtig und was falsch ist."

„Ich weiß es aber nicht, würde ich sonst mit einem Bild sprechen, du Arschloch?", sie strich sich eine Haarsträhne hinter das Ohr, „alles was ich tue, werde ich früher oder später bereuen. Ich kann nicht dabei zusehen, weil ich sonst kaputtgehe. Ich kann aber auch nicht die Richtigkeit von Chris' Entscheidung in Frage stellen. Du bist ein verfluchtes Bild, ach, noch nicht einmal das, du bist nur ein Abdruck des eigentlichen Bildes. Dir wird keiner Schuld geben an dem, was du tust. Du hängst einfach sinnlos an der Wand, mit dem immer und immer gleichen Gesichtsausdruck, mit derselben Geste und deinem fetten Bauch, der es wahrscheinlich gar nicht zulässt, dass du dich aus diesem Stuhl erhebst. Du kotzt mich an."

Sie nahm das Bild von der Wand, schaute einige Augenblicke darauf, warf es in eine Ecke, und aus Wut darüber, dass es nicht kaputt gegangen ist, nahm sie es wieder hoch, um es zu verbrennen. Der Druck war auf eine robuste Sperrholzplatte geklebt worden, sodass das Feuerzeug zwar heiß wurde, aber nicht mehr als einen kleinen schwarzen Fleck auf dem Bild hinterließ. Sandy heulte. Warf das Bild wieder weg und sprang mehrmals darauf. Sie griff sich die Mozartbüste, legte das Bild auf ihren Schoß und schlug mit dem Kopf des Genies auf das Portrait. Das Portrait eines alten Mannes.

Chris

Er nahm Kasper leeren Wassernapf, wusch ihn aus und füllte neues Wasser hinein, bevor er ihn zurück auf den

Boden stellte. Chris schaute sich in seiner Küche um, dabei rieb er die letzten Wasserflecke von der Spüle. Raik wäre stolz auf mich, wenn er sehen könnte, wie ordentlich die Wohnung ist. Er hatte staubgewischt, gesaugt, abgewaschen, die Küche gewienert, das Klo geschrubbt und die Mülleimer geleert. In den letzten Wochen war alles liegen geblieben, aber heute schien ihm genau der richtige Zeitpunkt, die Wohnung aufzuräumen. Nun wartete er darauf, dass die Waschmaschine fertig würde und er die Wäsche in den Trockner schmeißen konnte.

Es klingelte. Kasper bellte zweimal, eher lustlos, vor sich hin und rührte sich nicht aus dem Sessel. Chris öffnete die Tür. Es war seine Nachbarin von gegenüber. Sie schaute ihn schleimig lächelnd an, streckte ihm eine Snoopy-Tasse entgegen und fragte: „Haste mal Zucker für mich?"

Chris mochte seine Nachbarn nicht, und sie mochten ihn nicht. Aber die Frau von Nebenan mit den strohigen wasserstoffblonden Haaren mit rosa Strähnchen, war eher harmlos gegen die anderen. Auch er lächelte, als er seinen Blick von der Tasse abwärts streifen ließ. In T-Shirt und Tanga stand sie vor ihm, nichts bedeckte ihre behaarten Reiterhosenbeine mit den wulstigen Knien.

„Ja klar, kein Problem." Chris ließ sie mit ihrer Tasse stehen und ging in die Küche. Zurück kam er mit zwei Paketen Zucker, das eine davon noch nicht angebrochen.

„Bitte", sagte Chris und reichte ihr den Zucker.

„Aber", verdutzt sah sie ihn an, „wieso so viel?"

„Ich brauch ihn nicht mehr, nehmen Sie ihn und freuen Sie sich darüber und siezen sie mich in Zukunft..."

Dann schloss er die Tür und hatte das Gefühl, endlich einmal ausgesprochen zu haben, was er immer gedacht hatte, und gleichzeitig auch noch eine gute Tat getan zu haben.

Solange er auf die Wäsche wartete, könnte er duschen gehen, entschied er. Chris ließ sich dabei Zeit, achtete sorgfältig darauf, dass er jedes Körperteil einseifte, rasierte sich und knipste seine Fuß- und Fingernägel.

Nach dem Duschen füllte er die Wäsche aus der Maschine in den Trockner und stellte ihn an. In den Bademantel gehüllt, ging er ins Schlafzimmer. Chris nahm eine grau karierte Stoffhose mit seitlich aufgesetzten Taschen aus dem Schrank. Dazu wählte er ein schlichtes gelbes Polo-shirt, das er mit einer blauen Krawatte aufpeppte. Sein Spiegelbild gefiel ihm, schließlich war es ja auch Raiks Lieblingsoutfit. „Du siehst wieder so geil aus, Baby", hatte Raik dann immer gesagt, in einem leicht lasziven Tonfall. Chris liebte es sich für Raik schön zu machen. Raik war da anders. Er hatte immer darauf geachtet, Chris zu überraschen: Mal war es einfach nur eine Rose, ein anderes Mal hunderte von Teelichtern in Form eines Herzens, oder er hatte ihm sein Lieblingsessen gekochte. Oft waren es aber auch Dinge, die Chris so alltäglich, fast banal erschienen waren und erst jetzt ihren Wert offenbarten. Raik hatte regelmäßig Chris' Unterlagen sortierte, der damit völlig überfordert gewesen war. Oder er hatte ein Buch aus der Bibliothek mitgebracht, aus dem sie sich dann gegenseitig vorgelesen hatten.

Heute wieder, machte sich Chris für seine Raik schön. Er wollte gut aussehen, zum ersten Mal seit dem er gestorben ist. Zum ersten Mal seit dem wir gestorben sind, überlegte er und war gerade dabei, seine Haare zu einem Irokesen zu frisieren.

Sandy

 Sandy kauerte vor dem zerstörten Bild von Sir Huw Weldon, neben dem die Scherben von Mozart lagen. Sie grinste ihr Machwerk verstört an und flüsterte vor sich hin, dass doch alles hätte gut werden können. Sie dachte an die Beerdigung von Raik, wie sich eine Traube von Menschen, Freunden, Bekannten und seiner Familie in die Kirche drängelten. Vor dem Altar war der Sarg aufgebahrt. Er war geschlossen, mit der Begründung, dass es kein ansehenswerter Blick wäre und eher destruktiv für alle Beteiligten, wenn der Sarg geöffnet würde. In der ersten Reihe der Kirchenbänke, saß die Familie von Raik und neben ihnen Chris und die nächsten Freunde. Auch Sandy saß da und sie konnte den Blick nicht von Chris lassen, der sie aber seit Tagen wie Luft behandelte. Der Pfarrer trat vor und erzählte über Raik, als ob er ihn gekannt hätte. Er sei ein ordentlicher Mensch gewesen, der alles für die Menschen getan hätte, die er liebte. So unbegreifbar wäre sein Tod, für all die, die ihn liebten. Er würde in den Gedanken der Menschen weiter leben und mit Sicherheit von Gott empfangen werden. Nach der Ansprache des Pfarrers kam Chris vor, er zog einen Zettel aus seiner Hosentasche und drehte sich von der Trauergemeinde weg in Richtung Sarg.

Wenn du dachtest,
wenn ich dachte,
als wir glaubten...

unser sei die Welt,
deine Stimme die da noch verhallt,
verwunden... manchmal geschunden,
gesucht und doch nicht...

wir sahen, was wir sehen mussten...

verstanden, was wir nicht verstehen durften...
raubten einander den Verstand...
was war da?
Was war da, was jetzt nicht wahr?
... mit verschlossen Augen...

Die Stimme von Chris war unsicher und er hatte Probleme,
den Ton zu halten und die Tränen runterzuschlucken, Sandys verweinter Blick heftete immer noch an ihm.

Glaubst du?
Da war die Nacht,
wir in unsern Bann,
erhoben die Stimme...
unendlich die Sehnsucht um letztlich,
getrübt durch deine Tränen,
abgeschoben zu werden...

Im Zugewinn die letzten Reserven gelassen,
die Kraft, doch niemals ausgeschöpft...
leise war es, was da über uns kam...
Worte zählten nicht...
Dein Blick,
mein Blick...
geworden zum Weitblick...
Dir überließ ich es... mein Herz.

Festgehalten,
fest gehalten,
beschützt,
gebraucht,

verehrt,
zermürbt,
bewundert,

Glück gehabt!

Der Nutzen aus dem Ganzen,
zum Trug umfunktioniert,
beschattet durch die Missgunst,
behaftet,
trotzdem,
mit dem was der Worte nicht genügt.

Weil es dich gab,
weil es dich gibt,
weil du bist,
weil wir waren,
weil wir sind,
weil wir sein werden...
bin ich...

Betrug – Nichts war es wert...
Tausende von Stunden,
gewartet auf dich...
gehofft.
Es blieb still.

Als sie ging, warst du da...
Die Macht der Chemie wusstest du zu brechen...
Das Chaos konnten wir beseitigen...
Uns, wollten wir halten...

Deine Tränen,
deine Worte ...
dich zu spüren,
dich zu wissen,
hieß dich zu ehren...

Den Abgrund,
schon vor den Augen,
den Willen,
das Wollen...
nicht getrübt, niemals!

Was blieb?
Blicke aus dem Fenster,
Blut der Seele,
Hoffnung und Zwiespalt...
Dich noch mal!
Geteilt, niemals mehr ganz...

Sandy nahm das Telefon und wählte die Nummer der Polizei. Mit einem schweren Kopf und dem Gefühl, dass sie gerade etwas Falsches tat, sprach sie: „Chris will sich heute das Leben nehmen."

„Wer ist denn am Telefon und wer ist Chris?" fragte die Stimme am anderen Ende.

„Hier ist Sandy Wägler, Chris ist mein bester Freund. Er plant seit sieben Tagen seinen Selbstmord, er will von der stillgelegten Eisenbahnbrücke im Glorbachweg springen, bitte machen sie was, bitte!"

Dann legte sie auf und verbarg ihren Kopf in den Knien, weil sie sich schämte für das was sie getan hatte.

Chris

Noch einmal blickte er durch den Flur. Den Brief hatte er auf die Kommode, an die Tasche von Raik gelehnt. Am Schlüsselbrett hing sein Schlüssel neben dem von Raik. Kasper lag ruhig und gleichmäßig atmend auf dem Sessel. Wehmut kam in ihm auf, als er das Tier so still schlafen sah. Draußen dämmerte es bereits, er löschte das letzte Licht und zog die Tür hinter sich zu. Wieder, wie am ersten Tag seiner letzten sieben, ging er leise durch das Treppenhaus um nicht ertappt zu werden. Die Tür war noch aufgeschlossen. Er lauschte den Regentropfen, wie sie auf die metallenen Karoserien der Autos fielen und setzte jeden Schritt bedacht in eine Pfütze. Zielgerichtet ging er den Weg, möglichst auf jedes Detail achtend und er bemerkte Dinge, die er bisher nicht wahrnahm, wenn er diesen Weg ging. Überall waren kleine Birken, die aus den Samen der großen Bäume gewachsen sind und er stellte sich vor, wie in vielen Jahren hier ein Wald stehen könnte. Kurz vor der Brücke, sah er einen Haufen aus vielen kleinen Steinen, der ihm bisher noch nicht aufgefallen ist. Die Steine wirkten durch den Glanz des Regens sonderbar, fast wertvoll.

Dann stand er auf der Brüstung der Brücke und streckte die Arme aus. Auf der Brücke, von der sich sein Freund, seine große Liebe stürzte, auf der Brücke die die Gedanken in seinem Kopf sortieren konnte und auf der Brücke, auf welcher er mit Sandy im Regen Schach spielte. In der Ferne hörte er ein Martinshorn, welches sich näherte und es schien fast, als spielte es die Melodie „Both side now" von Joni Mitchell.

Es regnete, als er sich fallen ließ ...

Epilog
Über das Verzeihen

Sandy

„Chris", flüsterte sie leise und schaute nach rechts und links, um sich zu versichern, dass niemand ihr zu hörte. „Ich vermisse dich so. Dich auch Raik, aber wenn ihr mich jetzt hört, dann wäre es toll, wenn du uns mal 'nen Moment allein lassen kannst. Wir haben da noch was zu klären."

Sie packte einen in Zeitungspapier eingewickelten Sprössling eines Baumes aus, nahm eine kleine Schaufel und grub ein Loch.

„Ich hab mich nicht eher getraut hier herzukommen. Es war alles so komisch, ich hatte Angst, dass du mich hasst, weil ich dich verraten habe. Aber ich glaube, dass es okay ist, weil du erreicht hast, was du wolltest", sie machte eine kurze Pause. „Aber das ist nicht böse gemeint. Ich hab dir was mitgebracht. Ein kleiner Apfelbaum … aus der Gärtnerei, schon vorgezüchtet, weil ich doch so schlecht warten kann, bis man was sieht."

Sandy lockerte die Erde an den Wurzeln des kleinen Baumes und setzte ihn dann in das Loch. Eine alte Frau ging an ihr vorbei und lächelte sie traurig an. Sandy wartete, bis sie außer Sichtweite war und wand sich dann wieder dem Grab zu.

„Ist Kasper bei euch? Er ist gestorben … wollte nicht mehr fressen, dabei hab ich mir wirklich alle Mühe gegeben. Wirklich! Er wollte noch nicht mal Schokolade. Ja ich weiß, dass ich ihm keine geben sollte, aber ich wusste nicht, was ich noch tun kann. Der Tierarzt hat dann gesagt, dass es besser für ihn ist. Ich glaub, dass er euch vermisst hat. Du bist nicht böse auf mich, oder? Ich hab lange überlegt ob ich böse sein soll, weil alles so wehtat. Aber dein Brief hat mir geholfen, auch wenn er Ärger verursacht hat. Mir ging es überhaupt nicht gut. Ich hab dich immer gesucht, obwohl ich wusste, dass du tot bist. Aber ich hab gehofft, dass alles nur Spaß war und du zurückkommst. Irgendwann hat man mich eingewiesen."

Sie klopfte die Erde wieder fest, goss etwas Wasser darüber und betrachtet mit Stolz ihr Werk.

„So schnell kann ein Baum wachsen, wenn ich das nur schon als Kind gewusst hätte." Ein leicht beschämtes Lächeln breitete sich über ihrem Gesicht aus und erneut schaute sie sich um.

„Erzählte ich schon, dass man mich eingewiesen hat. Ich glaub, ich bin ziemlich abgegangen und da drin erst recht. Die waren alle irre, aber nicht ich. Ich hielt mich für ganz normal. Konnte eben nur nicht glauben, dass du nicht mehr zurückkommst. Mir ging es aber schnell besser. Ich hab mich sogar verliebt und bin zusammen mit diesem Mann weggezogen. Wusstest du eigentlich, dass ich auch mal ganz schrecklich in dich verliebt war? Ich hab's dir nie erzählt. Du bist ja schwul und ihr hättet bestimmt nur gelacht."

„Sandy" rief eine männliche Stimme und sie drehte sich um. „Ich komme gleich!"

„Du hast es gehört. Ich muss los. Das ist übrigens Mirko, mein Freund."

Sie stand auf, klopfte die Erde von ihren nackten Knien, streichelte einen Ast des kleinen Apfelbaumes und ging langsam den Weg entlang. Noch einmal blieb sie stehen und schaute zurück. „Chris und Raik, gestoben, weil sie sich liebten" las sie auf dem Stein. Dann atmete sie durch

und ließ diesen Friedhof für immer hinter sich. Die beiden
haben sich jetzt und das reicht. Dachte sie.

Über die Alternativen

Deutschland

Telefonseelsorge 0800/111 0 111 (evang.) 0800/111 0 222 (kath.) 0800/111 0 333 (Kinder- und Jugendtelefon)

www.kinderundjugendtelefon.de (Online-Beratung)

Krisendienst/ psychiatrischer Notdienst

Krisen- und Beratungsdienst e.V. Apostel-Paulus-Str. 35, 10823 **Berlin** , Tel: 030-7818585

Krisenberatung Hilfe für Selbstmordgefährdete Johanneswerkstr. 12, 33611 **Bielefeld**, Tel.: 0521-83042

Sozialpsychiatrischer Dienst Hornerstr. 60-70, 28203 **Bremen**, Tel.: 0421-36115566

Krisenintervention der Städtischen Kliniken **Darmstadt** Grafenstr. 9, 64283 Darmstadt Tel.: 06151-107-1

Krisenzentrum Dortmund Wellinghofer Straße 21, 44263 **Dortmund**, Tel.: 0231 / 43 50 77

Krisenbegleitung Vom-Rath-Str. 10, 47051 **Duisburg**, Tel.: 0203-22656

Psychosoziale Arbeitsgemeinschaft Köln Neumarkt 15 - 21, 50667 **Köln** Tel.: 0221-2214560

Die Arche - Selbstmordverhütung und Hilfe in Lebenskrisen e.V. Viktoriastr. 9, 80803 **München** , Tel.: 089-334041

Ambulanter Krisendienst Nürnberg/Fürth An den Rampen 29, 90443 **Nürnberg** , Tel.: 0911-4248550

Arbeitskreis Leben (AKL) - Laienhilfe und Kontakt in Lebenskrisen Frickenhäuser Str. 16, 72622 **Nürtingen** , Tel.: 07022-39112

Krisendienst Horizont - Hilfe bei Selbstmordgefahr Hemauer Str. 8, 93047 **Regensburg**, Tel.: 0941-58181

Krisendienst Würzburg - Hilfe bei Selbstmordgefahr Kardinal Döpfner Platz 1, 97070 **Würzburg**, Tel.: 0931-571717

Schweiz

Externer psychiatrischer Dienst   052/ 722 11 05

Die dargebotene Hand 143

Österreich

Telefonseelsorge 142

Rat auf Draht 147

Psychosozialer Notdienst 310 87 80/ 310 87 79

Weitere Links und Anlaufstellen zu diesem Thema unter www.selbstmord.de

Selbsthilfegruppen unter www.selbsthilfenetz.de (auch für Hinterbliebene)

Timm Flemming
Ich – mein größter Feind
Leben mit dem Borderline-Syndrom

Verlagsgruppe Lübbe
Mai 2007
301 Seiten | Broschiert

7,95 EUR (D) | 8,20 EUR (A)
14,70 SFR

ISBN-10: 3404616138
ISBN-13: 978-3404616138

Borderline – damit wird eine Vielzahl von Verhaltensweisen und Gefühlen beschrieben. Timm Flemming bekam 2002 die Diagnose, durch die seine Ängste und Schmerzen endlich einen Namen erhielten. Von klein auf galt er als eigenwillig, seltsam, "anders". Die Eltern nehmen sich beide das Leben, als er vierzehn ist. Seine Trauer schlägt sich in Depressionen, einer Essstörung und ersten Selbstverletzungen nieder. Es beginnt ein harter Weg mit mehreren Klinikaufenthalten. Heute hat Timm ein stabiles Leben aufgebaut und gelernt, Borderline nicht nur als Fluch, sondern auch als Segen zu betrachten, seine Kreativität auszuleben und seine extreme Sensibilität sinnvoll zu nutzen.

„Timm Flemming bekam 2002 die Diagnose Borderline. In seinem bewegenden Buch schildert der 21-jährige schonungslos seine traumatische Kindheit. Ein großartiges Beispiel dafür, wie jemand erfolgreich den Kampf ums Überleben aufnimmt." *Hamburger Abendblatt*

www.luebbe.de

... es ist für Thomas.